KB078061

THE OMNIPOTENT
BRACELET

전능의 팔찌 2부 6

김현석 현대 판타지 장편소설

초판 1쇄 찍은 날 § 2024년 3월 15일
초판 1쇄 펴낸 날 § 2024년 3월 22일

지은이 § 김현석
펴낸이 § 서경석

총괄팀장 § 황창선
편집책임 § 양준
디자인 § 스튜디오 이너스

펴낸곳 § 도서출판 청어람
등록번호 § 제387-1999-000006호
등록일자 § 1999. 5. 31
어람번호 § 제1-3226호

본사 § 경기도 부천시 부일로 483번길 40 서경B/D 3F (우) 14640
편집부 § 서울특별시 구로구 디지털로 272 한신IT타워 404호 (우) 08389
전화 § 02-6956-0531 팩스 § 02-6956-0532
http://www.chungeoram.com
E-mail § chungeorambook@daum.net

ⓒ 김현석, 2023

ISBN 979-11-04-92512-2 04810
ISBN 979-11-04-92499-6 (세트)

MODERN FANTASTIC STORY

전능의 팔찌

2부

THE OMNIPOTENT BRACELET

김현석 현대 판타지 소설

6

도서출판
청어람

전능의 팔찌 2부

THE OMNIPOTENT
BRACELET

2부

목차

6권

Chapter 01

—

쫓겨난 환자들

"방금 전에 뭐라고 했어? 환자들이 강제 퇴원을 당해?"

"네! 힘 있고 돈 있는 놈들이 온갖 인맥을 동원해서 압박하니 병원 입장에선 그럴 수밖에 없지요."

참으로 기도 안 찰 노릇이다. 하지만 이미 벌어진 일을 왈가왈부한다 해서 달라질 건 없다.

그렇다면 대책을 찾아보는 것이 현명하다.

"기존 암 환자는 얼마나 되었는데?"

"보건복지부에서 게시한 '암등록통계'를 보면 매년 20만 명 정도가 새로운 암환자로 등록이 돼요. 2016년 1월 1일 기준으론 총 161만 874명이 있었구요."

"오늘이 7월 31일이니 돌아가신 분들도 꽤 많겠네."

"네! 오늘까지 4만 5,613분이 타계하셨고, 새롭게 암 진단을 받은 환자는 11만 6,665명이에요."

이를 계산해 보면 다음과 같다.

등록 환자 수 — 사망자 + 새로운 환자 = 전체 암 환자
1,610,874 — 45,613 + 116,665 = 168만 1,926명

이들 전부가 병원에 입원해 있는 것은 아니다.

수술 후 자택이나 물 맑고 산 좋은 곳에 머무는 인원도 상당할 것이다.

통계를 보면 새로 진단받은 환자 중 70% 정도만 5년 후에도 생존해 있다. 3만 5,000명 정도는 5년 이내에 사망한다는 뜻이다.

"국내 병상수는 얼마나 돼?"

"67만 1,868병상이에요. 국내 의료기관의 모든 병상수를 합한 수치예요."

"산부인과, 성형외과, 안과, 피부과, 치과, 한의원 등의 병상도 포함된 거라고?"

"맞아요."

"처벌받은 놈들의 숫자는?"

데스봇과 변형 캔서봇이 투여된 인원을 말하라는 뜻이다.

"변형 캔서봇 투여자는 40만 정도 돼요. 기레기들의 숫자만 31만 2,737명이니까요."

"으응? 기레기가 그렇게 많았어?"

"현직은 물론이고 전직까지 모두 합하면 그래요."

"아! 그렇구나. 그럼 데스봇 투여자는?"

"검찰, 경찰, 변호사, 공무원, 군인, 국회의원, 친일파 및 그의 후손들에게 투여된 데스봇은 50만 정도 되는데 조금 더 늘어날 거예요."

기레기에 대한 처벌은 끝났고, 나머지에 대한 데스봇 투여가 진행되고 있다는 뜻이다.

"그것도 숫자가 많네."

"네! 전·현직이 모두 망라되어 그래요."

"둘을 합쳐서 90만 명이나 되는 건가?"

"아뇨! 변형 캔서봇과 데스봇을 같이 투여받은 인원만 8만이 넘으니 약 82만 명이에요."

고통에 겨운 몸부림을 치거나 암 진단을 받은 인원, 또는 둘 다를 경험하는 인원이 이렇다는 뜻이다.

"그럼, 병상이 부족한 게 맞네."

전국 의료기관의 병상 수는 67만 1,868개이다. 이중 상당수는 암 환자와 관련이 없는 것이다.

그런데 돈 있고, 힘도 있으며, 빽도 있고, 권력까지 가진 환자가 82만 명이나 새로 생겼다.

당장 제 몸이 불타는 듯하거나, 손가락 발가락이 잘려 나간 듯한 통증 때문에 죽을 지경이고, 생각지도 않았던 암에 걸렸는데 초기는 하나도 없고 모두 2기에서 4기 사이이다.

돈과 권력이 있는데 어떻게 했겠는가!

기존 환자들의 사정을 봐줬을 리 만무하다.

돈과 권력, 그리고 온갖 수단으로 병원 관계자를 압박하여 병상을 빼앗았다는 뜻이다.

밀려난 환자들이 외래로 전환되었다 하더라도 제대로 된 치료를 받지 못했을 것이다.

돈 있고, 힘 있는, 그리고 빽도 있고, 권력도 있는 82만 명이 저 먼저 살려달라고 아우성칠 것이기 때문이다.

실제로 친일파 후손의 손을 들어줬던 최민규 판사와 그의 아내 정수지는 입원한 병원에서 온갖 지랄을 다 부렸다.

자신들 먼저 치료하지 않으면 반드시 보복하겠다는 협박도 서슴지 않았다.

어쨌거나 기존의 암 환자 중 치료를 이어가지 않으면 금방 전이(轉移)되어 목숨을 잃게 될 인원이 상당하다.

"그래서 뭘 어쩌자고?"

"남은 캔서봇을 쓰는 게 어떨까 싶어요."

"뭐라고? 기존 암 환자들을 모두 치료해 주자고?"

"……!"

도로시는 대꾸하지 않았다. 사용을 해도 문제가 됨을 알기 때문이다.

"좋아! 캔서봇 남은 건 얼마나 되는데?"

YG—4500이 가져온 것은 90만 명분이다.

그중 약 40만 개의 캔서봇은 변형 프로그램을 적용하여 기레기 등을 처벌하는 데 사용하였다.

남은 캔서봇은 50만 개 정도일 것이다.

"현재 51만 2,513개가 남아 있어요."

현수는 장고(長考)에 들어갔다.

캔서봇 51만 2,513개는 기존 암 환자의 약 30%를 완치시킬 수 있는 분량이다.

누가 더 위중한지 우선순위를 정해 캔서봇을 투여한다면 5년 이내에 사망할 환자 거의 전부가 완쾌된다.

캔서봇이 투여되면 수술할 필요가 없고, 항암제 투여나 방사선 치료를 하지 않아도 된다.

현재로선 이런 의료혜택을 줄 병원이 없다.

그럼에도 4기와 3기 암환자들 대부분이 완치된다면 당연히 전 세계의 이목이 쏠리게 된다. 아직 인류가 정복하지 못한 질병이니 아마 그 관심은 어마어마할 것이다.

현재, 에이프릴 때문에 한국으로의 입국은 완전히 끊겼다.

출국을 하려면 상급병원 이상의 의료기관에서 에이프릴과 관련된 증상이 없다는 판정부터 받아야 한다.

다음엔 격리된 공간에서 10일간 관찰 대상으로 지내야 한다. 그러고도 이상이 없으면 그제야 출국이 가능하다.

이에 한국 국적자는 해당되지 않는다. 다시 말해 한국인은 미국으로의 출국길이 막혀 있다.

이건 한국 정부에서 결정한 규제가 아니다. 한국에서 미국으로 오려는 사람들에게 미국 정부가 요구한 내용이다.

기준이 정해지자 다른 나라들도 같은 조건을 제시했다.

목마른 사람이 우물을 판다는 말이 있듯 출국을 희망하는 사람들 모두 이 기준에 따라 생활했다.

열흘의 격리기간이 지난 후 출국한 이들에 의해 한국의 상황이 외국으로 전파되었다.

총 82만 명 정도가 고통에 겨워 비명을 지르거나 암에 걸렸다는 소식이 전해지자 귀국하려던 내국인조차 현지를 떠나지 않는 것으로 결정하였다.

이런 상황임에도 암이 완치되었다는 소문이 나면 의료계 인사들뿐 아니라 첩보원들도 무지막지하게 들어올 것이다.

아무리 생각해 봐도 안 될 일이다.

한국에서만 괴질이 발생하고, 한국에서만 암 환자들이 완쾌되는 기적이 일어나면 일대 혼란이 빚어질 것이다.

"캔서봇을 투여해서 완쾌시키는 건 안 돼."

"에? 그럼 병실에서 쫓겨난 환자들은 어떻게…? 폐하께서 처벌을 명하셔서 벌어진 일이니 우리가 해결해 줘야…"

"흐으음!"

결자해지하라는 뜻이다. 논리 있는 말이기에 현수는 다시 생각에 잠겼다. 하지만 그 시간은 그리 길지 않았다.

"좋아! 캔서봇을 투여해. 다만, 완치에 이르도록 하면 안 된다는 걸 잊지 말아."

"네? 그럼 어떻게……?"

"4기는 3기 초반으로, 3기는 2기 초반으로 줄여줘."

2기와 1기는 해당이 안 된다는 뜻이다.

"에? 안 고쳐주고요?"

"그 사람들이 다 완치되면……? 세상의 이목이 모두 쏠릴 텐데 그건 누가 감당해?"

"그거야 의사들이… 아! 아니군요."

이미 병실에서 쫓겨난 환자들이니 제대로 된 의료 서비스를 받기 어렵다는 걸 깜박했던 모양이다.

"나중에라도 신호를 보내면 완쾌시켜 줄 수 있잖아. 번거로워서 그렇지."

투여 전엔 프로그램 일괄 수정이 가능하지만 일단 체내로 들어간 후엔 각각의 캔서봇을 일일이 손봐야 한다.

생명과 직관된 일이기에 최소 10m 이내로 접근해서 근거리 무선통신 기술로 프로그램을 수정해야 하는 것이다.

현재 4기와 3기인 환자 모두에게 이렇게 해주려면 당연히 번거롭기 이를 데 없을 것이다. 하지만 어쩌겠는가!

현재로선 약간의 호전과 그 상태 유지가 최선의 방법이다.

"네! 알겠습니다. 역시 폐하세요! 지시대로 하겠습니다."

"나중에 환자들을 일일이 찾아다녀야 하지?"

"네! 강제 퇴원 당했으니 그렇긴 한데 현재는 병원별로 농성 중이라 일일이 찾을 정도는 아니네요."

암 환자들이 자신을 강제로 퇴원시킨 병원을 상대로 시위를 하고 있다는 말이다. 참으로 말세인 세상이다!

"그래도 전국 각지를 다 돌아다녀야 하긴 하지?"

"네! 그럼요. 암 병동이 있던 모든 병원을 찾아야 합니다."

"그렇겠지."

고개를 끄덕인 현수의 입이 다시 열린다.

"그럼 말이야, 기왕에 전국 각지를 돌아야 한다면 추가 임무를 부여할게."

"네! 말씀하세요."

"먼저 데스봇 재고를 알고 싶어."

"정확한 수치를 원하세요?"

재고 숫자를 대답하지 않는 걸 보면 현재에도 신이호부터 신구호가 데스봇 투여 작업을 진행하는 중인 모양이다.

"아니! 대략적인 수치라도 보고해 봐."

"잠시만요."

도로시는 약 3초간 아무런 말도 없었다. 그런데 그 사이에 신일호부터 신구호까지 모두에게서 보고를 받은 모양이다.

"데스봇의 현재 재고는 총 39만 6,654개, 아니, 39만 6,650개입니다."

몇 초 사이에 4명에게 데스봇이 투여된 모양이다.

"아직 많네."

"많다면 많죠! 근데 왜……?"

도로시의 말이 끝나기도 전에 현수의 지시가 이어진다.

"인터넷에 여론 조작을 목적으로 조직적인 움직임을 보이는 집단이 활동하고 있다는 거 알지?"

"댓글 부대 말씀하시는 거죠?"

"그래! 수구 꼴통들의 앞잡이이지."

"네, 맞아요. 그놈들은 어떻게 할까요?"

"이놈들은 나라가 어찌 되든 개의치 않고 사실을 왜곡하였고, 국론을 분열케 한 죄가 있어."

"그것도 맞아요!"

댓글 부대가 어떤 일을 어떻게 조작했는지를 너무도 잘 알기에 도로시는 크게 고개를 끄덕여지고 있다.

"이는 을사오적이나 정미칠적에 버금가."

"저도 동의해요. 어떤 처벌을 내리실 건가요?"

"정치적 중립을 지켜야 할 의무가 있는 공무원 신분이었거나, 자발적으로 악의적 댓글을 단 놈들은 데스봇 레벨8, 돈을 받고 양심을 팔았던 알바들은 레벨7을 투여해."

"네에? 너무 센 거 아닌가요?"

데스봇 레벨8은 국회의원이지만 '자위대 창설 기념행사'에

참석했던 년놈들에게 내려지는 형벌이다.

마약으로도 완화시킬 수 없는 극렬한 고통을 하루에 6번씩 느끼게 된다. 4시간에 한 번씩 목청이 터져라 비명을 지르는 일생을 살게 된다는 뜻이다.

레벨7은 하루에 4번 이 같은 고통을 겪게 되는데 정미칠적(丁未七賊)이 살아 있다면 이런 형벌이 내려진다.

정미칠적은 을사늑약 체결 2년 후인 1907년 7월에 체결된 한일신협약(제3차 한일협약, 또는 정미 7조약) 조인에 찬성한 내각의 일곱 친일파를 가리킨다.

이완용, 송병준, 이병무, 고영희, 조중응, 이재곤, 임선준이 바로 쥐새끼만도 못한 놈들의 이름이다.

"댓글 부대의 행위는 그보다 더 악질적이라고 생각해. 국론을 분열시켰으니까. 그러니 레벨8과 레벨7이 적당해."

레벨 조정은 투여 직전에 세팅만 하면 되니 그리 어려운 일은 아니다.

"네, 알았어요."

이실리프 제국엔 추상과 같은 법령이 있다. 그런데 이보다 더한 권위를 가진 것이 바로 초대황제의 생각과 판단이다.

제국의 모든 법령 위에 초대황제의 의중이 있다.

그리고 이는 위헌 여부를 결정하는 법률재판소에서도 절대 터치할 수 없는 '지엄함' 그 자체이다.

그렇기에 도로시는 이의 없다는 듯 또 고개를 끄덕인다.

"향후 DM이 생산되어도 이놈들에겐 공급하지 말고."

"넵! 지시대로 할게요."

$$* \qquad * \qquad *$$

댓글부대에 속해 있던 자들에게 조만간 천벌이 내려질 예정이다. 이번엔 어쩌나 두고 보는 인원이 없다.

하나라도 댓글이나 게시물을 올렸던 자라면 전원이 처벌대상이라는 뜻이다.

"다음은 매번 사회적 물의를 일으키는 워베, 일마드, 대갈리아 같은 특정 사이트의 운영진과 회원들이야."

"어떻게 구분할까요?"

"그간 남긴 글이나 삭제된 게시물을 파악해서 A, B, C, D급으로 구분해서 애들도 레벨 5, 4, 3의 순으로 투여해. 아! 운영진은 레벨7이야."

"에……? 왜 레벨6이 아니라 7인 거죠?"

"쓰레기 중의 쓰레기이니 평생토록 고생을 해야 하니까."

참으로 명쾌하고 단호한 답변이다.

대다수 선량하고, 양심적인 국민들에게 심한 혐오감과 적대감을 갖도록 한 죄를 묻겠다는 뜻이다.

"D급은 눈팅만 하는 회원으로 보면 되나요?"

"아니! 댓글이나 게시물을 올렸더라도 사회 통념상 납득이 갈 정도였다면 D급으로 분류해. 눈팅만 했으면 당연한 거고."

"예! 그럴게요."

현수는 운영진이 전체의 0.01%쯤 되고, A급 10%, B급은 20%, C급 30%, D급 29.99% 정도로 예상하고 한 말이다.

하지만 도로시의 기준은 이와 약간 다르다.

순식간에 세 사이트의 게시물들을 확인하곤 다음과 같이 등급을 매겼다.

운영진 또는 그와 동급인 열성분자 3%, A급 32.2%, B급 40.3%, C급 24.4%, D급 0.1%이다.

사이트 회원 거의 전부가 사회에 폐만 끼치는 쓰레기 같은 존재이니 대부분을 작살내겠다는 뜻이다.

익명의 그늘에 숨어 온갖 개소리를 지껄이고, 패악을 부리던 년놈들 거의 전부가 평생 고통에 몸부림치며 비명을 지르다 세상을 하직하게 될 것이다.

"참! 그 사이트들은 다 없애 버려."

"서버의 기록을 지우라고요?"

"일단 기록된 건 모두 날려 버리고, 누구든 그 사이트에 접속하면 '디스트럭션—웨어'에 감염되도록 해."

방금 언급된 Destruction—ware는 '파괴'와 '소프트웨어'의 합성어이다.

누구든 디스트럭션—웨어가 깔려 있는 특정 사이트에 접속하면 그 즉시 이식(移植)되는 프로그램이다.

미래기술이라 현재의 보안시스템으로는 막을 방법이 없다.

이게 깔리면 하드디스크에 담긴 모든 내용이 뒤죽박죽 섞여 버릴 뿐만 아니라 읽기와 쓰기가 불가능해진다.

포맷도 불가능하다. 따라서 이걸 수리할 방법은 없다.

결국 장착된 하드디스크를 버려야 한다.

지금껏 문제 있는 사이트에 접속하여 온갖 사회적 문제를 일으킨 년놈들의 데스크톱과 노트북, 그리고 태블릿과 휴대폰 등은 무용지물이 될 것이다.

고통뿐만 아니라 금전적 손해도 감당케 하려는 뜻이다.

"알았어요."

"한 1년쯤 뒀다가 서버도 날려 버리고."

"네, 지시대로 합니다."

순순히 대답은 하는데 명확한 의중은 모르는 것 같다.

"물리적인 파괴를 뜻하는 거야."

"엥? 서버가 외국에 있는 건요?"

"그건 가서 날려 버리면 되잖아."

신일호부터 신구호 중 하나만 보내면 될 일이다.

"마지막은 문제 있는 맘카페 회원들과 일부 골칫덩이 파워 블로거들이야!"

"알량한 맘카페나 블로그의 파급력을 믿고 되도 않는 갑질한 것들을 처벌하라는 말씀이신 거죠?"

현수뿐만 아니라 도로시 역시 히야신스에 머무는 동안 맘충들과 일부 파워 블로거들에게 넌덜머리가 났다.

그러니 처벌에 이의가 있을 수 없다.

"그래! 이미 물의를 일으켰거나, 게시물로 인해 누군가 피해를 입었다면 레벨1을 투여해."

"기간은 얼마로 할까요?"

데스봇 레벨1은 엄청 심한 감기 몸살에 걸린 듯한 근육통을 준다. 그럼에도 체온은 정상이니 이 또한 건강보험의 혜택을 보긴 어려울 것이다.

당연히 이 세상 어떤 진통제로도 나아지지 않는다.

움직일 때마다 이맛살이 절로 찌푸려질 정도로 격한 통증이 느껴질 것이니 외출은 거의 불가능하다.

직장이 있다면 휴직하거나 퇴직해야 한다는 뜻이다.

이런 상태를 얼마나 오래 유지하게 하느냐는 것이다.

"물의만 일으키고 말았으면 6개월, 되도 않는 갑질로 누군가에게 피해를 줬으면 1년, 허위 사실로 피해를 입혔다면 2년간! 도저히 용납할 수 없는 수준이었다면 5년이야."

맘카페는 본래 좋은 의도에서 만들어졌다. 인근에 거주하는 다수가 좋은 정보를 공유하자는 의미에서 시작한 것이다.

문제는 이를 이용하는 일부 회원들이다.

말없는 다수를 믿고 극단적 이기주의로 타인에게 피해를 준다. 기레기 못지않은 쓰레기들이다.

따라서 통증만 주고 끝나는 데스봇 레벨1이 아니라 리미트를 해제한 변형 캔서봇을 쓰라고 하고 싶다.

사회의 암적인 존재이니 일찌감치 제거하는 편이 낫다는 뜻이다. 하지만 아이가 있을 수 있기에 레벨1로 그친 것이다.

"넵! 지시대로 합니다. 근데 변형 캔서봇이나 다른 데스봇 대상자였다면 어떻게 할까요?"

맘카페 회원이거나 파워 블로거이면서 기레기이거나 부정부패에 연루된 공무원 등이면 어떻게 하느냐는 뜻이다.

"당연히 중복 처벌이야! 그런 것들은 봐줄 필요가 없어."

현수의 음성은 매우 단호했다. 더 생각해 볼 가치조차 없다는 뜻이다.

"알겠어요."

"그밖에 양심 없는 행동으로 타인에게 피해를 줬거나 심한 불쾌감을 느끼게 한 것들에게도 투여해."

"누구를, 어느 정도로 할까요?"

이런 건 제대로 지시를 받아야 혼선이 빚어지지 않는다는 뜻이다.

"음주운전 역주행이나 보복운전, 혹은 음주 후 폭력행위로 타인을 사상케 했다면 레벨2를 투여해."

"5년인 거죠?"

"그래! 아주 강력한 근육통 2년 플러스 근육 감소로 5년 후엔 일어설 수조차 없도록 해."

"알겠어요."

"죄 없는 누군가를 무고하여 정신적, 또는 물질적 피해를 입혔다면 레벨 3이야."

"무고의 기준은 뭐죠? 법원의 판결인가요?"

"아니! 법원의 판결은 무시하고 도로시가 판단해."

법(法)은 만인 앞에 공정하고, 공평하며, 단호해야 한다.

그런데 대한민국의 법원은 일부 그릇된 판사들로 인해 국민들의 지지를 잃었다.

제 식구 감싸기를 하거나, 툭하면 '집행유예'를 선고했다.

중형이 분명한 범죄를 저질렀음에도 구속영장 청구를 기각했고, 돈도 빽도 없으면 무거운 형을 가했으며, 권력자와 부자들에겐 솜방망이 처벌을 했으니 당연한 일이다.

이런 판결을 어찌 존중하겠는가!

따라서 무고죄를 엄히 따져보라는 의미에서 한 말이다.

"알겠어요."

도로시가 고개를 끄덕이자 현수가 다시 입을 연다.

"오염 물질을 고의로 방류하여 환경을 오염시켰거나, 음식물에 장난질 친 놈들도 레벨4 대상이야."

"양심 없는 놈들 처벌하라는 말씀이신 거죠?"

"그래! 밥 먹고 살 자격조차 없는 놈들이야."

"기타 비양심 행위를 한 자들은 어떻게 하죠?"

"조폭이나 양아치는 엄하게 처벌하고, 나머지 비양심 행위는 정도에 따라 도로시가 자의적으로 결정해. 기준은 지금까지 내가 말한 거를 바탕으로 하고."

사회를 청소하라는 뜻이다.

"알겠어요."

"참! 이번 데스봇은 기능을 제한해서 투여해."

"네? 어떤 기능을 말씀하시는 건지요?"

"데스봇의 특징 중 하나가 극심한 고통을 주기는 하지만 여타 질병에 걸리지 않게 하거나 치유하는 효과가 있지?"

"네, 그렇습니다. 생생한 고통을 더 오래 느끼라는 뜻에서 추가된 기능이지요."

"그 기능을 제외해."

문제를 일으켜 처벌하려는 것이다.

레벨3 이상처럼 평생토록 고통을 느끼는 것이 아니라 일정 기간만 고생하는 것인데 모든 질병을 치료해주면 처벌이 아니라 은총을 베푸는 것이나 다름없다.

"맘충들만 해당되나요?"

"아니, 이제부터 투여될 모든 레벨2와 1는 그렇게 해."

레벨3 이상은 엄청난 고통을 느끼게 된다.

질병이 있어 일찍 죽어버리면 그 기간이 짧으니 오래오래 살면서 느껴야 한다. 그렇기에 제외시킨 것이다.

"넵! 지시대로 합니다."

현수는 현재 무게를 10분의 1로, 부피는 1,000분의 1로 줄이는 4서클 마법 데시 라이트닝과 데시 리듀스 마법을 쓸 수 없는 상황이다.

만능제작기와 원소공급기가 있으니 데스봇을 만들 수는 있지만 그 크기가 커서 투여할 수 없다는 뜻이다.

어쨌거나 지시받은 투여 대상이 너무 많다. 따라서 남은 데스봇은 우선순위를 정해서 투여해야 한다.

도로시는 저장된 자료와 계속 업데이트되는 자료를 바탕으로 우선순위를 정하는 연산을 계속하였다.

이때 현수의 추가지시가 있었다.

"그게 끝나면 말이지."

"네?"

"참, 디신터봇은 몇 개나 가져 왔지?"

디신터봇은 물리학에서 방사성 원소의 붕괴를 뜻하는 Disintegration과 Robot의 합성어이다.

원자번호 144인 멀린늄으로 만들어지는데 우라늄을 합성하여 제조한다. 현수가 발견한 원소이다.

디신터봇은 핵탄두의 핵물질을 원자번호 146인 하인스늄으로 바꾸는 기능을 가졌다.

참고로, 멀린늄과 하인스늄은 현수가 발견하여 자신이 이름을 붙인 원소들이다.

둘 다 매우 안정적이어서 어떠한 방법으로도 폭발시키거나 연소시킬 수 없다는 특징을 가졌다.

그렇기에 무시무시한 폭발력을 가진 핵무기라 하더라도 디신터봇을 만나게 되면 무용지물이 되어버린다.

"현재 90만 개가 사용 가능하죠."

2015년에 조사된 미국 CIA자료에 의하면 현 시점의 핵보유국은 총 9개 국가이며, 이들이 보유한 핵무기는 지구를 멸망시키고도 남을 만큼 많다.

UN 안보리 상임이사국인 미국, 러시아, 지나, 영국, 프랑스와 이스라엘, 인도, 파키스탄, 북한이 핵보유국이다.

이들이 가진 핵무기의 개수는 약 1만 7,000개로 추산하고 있으나 실제는 이보다 훨씬 많다.

'스톡홀름 국제평화연구소(SIPRIO)'가 2016년 1월에 발표한 자료에 의하면 지나의 핵무기 보유 개수는 250기로 되어 있다. 그런데 이는 겉으로 드러난 숫자일 뿐이다.

지나엔 '지하미궁(地下迷宮)'이라는 것이 있다. 서방세계에선 이를 '지하 만리장성'이라 일컫는다.

하북성 산악지역에 조성한 대규모 지하터널로 1995년부터 2009년까지 공사가 진행되었다.

지하미궁의 총연장은 약 5,000km에 이른다. 과연 만리장성이라 부를 만한 길이이다.

아주 깊은 지하에 조성되어 있기에 미국이나 러시아가 선제 핵공격을 감행해도 파괴가 불가능하다.

따라서 습격을 당하면 곧바로 보복할 수 있다.

지나는 이곳과 또 다른 비밀기지에 무려 3,653기의 핵무기를 실전 배치해두었고 그 수는 나날이 늘고 있다. 이밖에 일반 미사일로 위장되어 배치된 것만 411기가 더 있다.

이것들은 다른 비밀기지에 있다.

서방이 알고 있는 것보다 16배 이상을 실전 배치해 놓고는 시치미를 떼고 있는 것이다. 지나의 한족(漢族)은 예전에도 그래왔지만 현재에도 참으로 음흉한 놈들이다.

어쨌거나 이중 817기는 현재 발사 불능이다.

현수의 지시에 따라 한 달 넘게 쏟아진 폭우로 인해 흙탕물 속에 잠겨있는 때문이다.

숨을 쉬어야 하는 인간은 접근할 수 없지만 YG-4500은 당연히 접근 가능하다.

일본의 경우는 언제든 핵폭탄 6,312개를 만들 수 있는 플루토늄이 보관되어 있다.

고속증식로[1] 방식의 원자로에 원료로 사용하겠다는 것이 명분이지만 그러기엔 양이 지나치게 많다.

일본의 속내를 의심해 봐야 할 대목이다.

도로시가 가진 자료에 의하면 현존 핵무기의 개수는 1만 7,000개가 아니라 2만 3,654개이다.

---

1) 고속증식로 : 고속 중성자에 의한 핵분열 연쇄반응을 이용하여, 한편으로 에너지를 만들어 내고, 다른 한편으로는 소비한 연료보다 많은 핵분열성 물질을 만들어 내는 원자로

약 6,650개 정도가 감춰져 있는 것이다.

일본이 보유하고 있는 것처럼 언제든 핵폭탄의 원료가 될 수 있는 것들까지 모두 합치면 4만 2,331개나 된다.

이는 지구를 반으로 쪼개기에 충분한 양이다.

"원자력 발전소의 원료 목적이 아닌 핵물질들을 1개월 이내에 안전한 물질로 바꾸는 데 필요한 디신터봇은?"

"50만 7,972개입니다."

하나의 디신터봇이 핵탄두를 하인스뉴으로 바꾸는 데 필요한 시간은 약 2년이다.

이를 1개월로 단축하려면 탄두 하나당 12개의 디신터봇이 필요하다는 뜻이다.

"좋아! 세계전도 띄우고, 핵무기 및 핵물질이 보관된 장소를 표시해서 보여줘."

"넵!"

말 떨어지기 무섭게 지도가 보인다.

9개 핵보유국 이외에 핵발전소가 있는 국가 거의 전부가 표기되어 있다.

한국도 원자로에서 나오는 재처리물질에서 플루토늄을 추출하면 핵탄두 4,372개가 만들어지는 것으로 표시되어 있다.

Chapter 02
—
이건 뭔 냄새야?

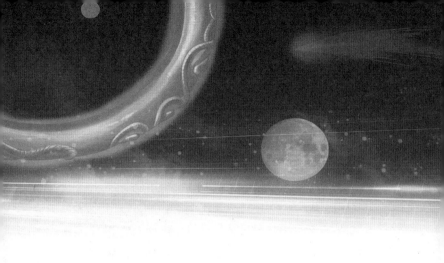

"댓글부대와 워베, 일마드, 대갈리아, 맘카페 등의 일이 마무리되면 신이호부터 신구호에게 임무를 부여해."

"말씀만 하세요."

"이호와 삼호는 북한을 거쳐 지나의 모든 핵물질을 하인스늄으로 바꾸도록 해."

"……!"

도로시는 상사의 지시를 기다리는 유능한 비서처럼 아무런 대꾸 없이 조용히 기다렸다.

"사호와 오호는 일본을 거쳐 러시아로 가고, 육호와 칠호는 일본을 거쳐 미국으로 가게 해."

가장 가까이 있는 북한과 일본의 모든 핵물질부터 제거하겠다는 뜻이다.

"팔호와 구호는요?"

"팔호는 호주를 거쳐 영국, 프랑스로 가고, 구호는 이스라엘을 거쳐 인도와 파키스탄으로 가도록 해."

"그리고요?"

"임무가 완수되면 핵발전소를 보유한 국가로 가서 연료로 사용할 목적이 아닌 모든 핵물질에 디신터봇을 투여해."

핵무기가 사용되면 대규모 살상도 문제지만 그 후가 더 문제이다. 방사능으로 오염된 먼지나 바닷물이 전 세계로 번지면서 여러 문제를 일으키기 때문이다.

휴먼하트가 멈춤과 동시에 신성력도 사용 불가능하다. 따라서 문제가 발생되기 전에 제거하는 것이 최상책이다.

연료로 사용했던 핵폐기물도 문제이다.

고준위 폐기물 중 일부는 재활용을 한다지만 일찌감치 안전한 것으로 바꿔놓는 것이 인류를 위해 좋은 일이다.

"한국은 어떻게 할까요? 여기도 핵물질이 상당히 많아요."

한국과 일본의 공통점은 핵보유국이 아니라는 것과 핵탄두 설계기술과 첨단운반체계 능력을 갖추고 있다는 것이다.

마음만 먹으면 언제든 핵보유국이 될 수 있음을 의미한다.

다른 나라들의 것을 다 제거하면서 한국만 남겨두면 분명히 의혹의 눈초리를 받게 될 것이다.

그러므로 한국의 핵물질 역시 제거함이 마땅하다.

"그건… 일호를 보내면 안 될까?"

"절대로 안 됩니다."

도로시의 대꾸는 즉각적이고 단호했다. 현수의 안위가 핵물질 제거보다 중요하다는 뜻이다.

"내가 안전한 곳에 있을 때마다 움직이면 되잖아. 한국은 나라가 크지 않으니 얼마든지 왔다 갔다 할 수 있잖아."

"… 그건 제가 판단해도 될까요?"

언제가 안전한지 판단의 전권을 달라는 뜻이다.

"그래, 그렇게 해."

"알겠어요."

"대신 핵폐기물도 처리하는 것도 잊지 마."

"당연하신 말씀이세요."

"그럼 디신터봇 남는 게 별로 없겠네."

"지시를 이행하고 나면 8만 8,245개가 남아요. 핵물질이 추가로 만들어지면 당연히 그 숫자는 줄어들고요."

"알았어. 기억해 둘게."

신일호부터 신구호는 광학스텔스뿐만 아니라 전파스텔스 기능도 가지고 있다. 눈에 보이지도 않고 레이더로도 감지할 수 없다는 뜻이다.

24시간 내내 부여된 임무를 수행하기 위해 움직일 수 있다. 물론 인간보다 훨씬 빠른 움직임이고, 비행 가능하다.

한편, 도로시는 모든 핵물질의 좌표를 파악하고 있다.

어디에 무엇이 얼마나 있는지를 환히 꿰고 있으므로 경호용 안드로이드 YG—4500이 핵탄두, 또는 핵물질에 접근하는 것은 그리 어려운 일은 아닐 것이다.

제 아무리 보안이 철저해도 통과할 수 있는 때문이다.

핵탄두의 경우는 육안으로 식별하기 어려울 정도로 미세한 구멍을 뚫은 뒤 디신터봇을 투여한다.

구멍의 직경은 5만 분의 1m 정도이다.

0.02㎜이니 머리카락보다 훨씬 가늘지만 디신터봇이 통과하기엔 너무 큰 터널이다.

어쨌거나 디신터봇이 핵물질을 만나게 되면 그 즉시 연쇄반응이 일어난다. 기다란 쇠막대 끝에 자석을 붙이면 쇠막대 전체가 자성(磁性)을 띄는 것과 유사한 현상이다.

그 상태로 일정시간이 경과되면 방사성 핵물질이 더 없이 안전한 하인스늄으로 바뀌게 된다.

"다른 건 다 처리 가능한데 잠항 중인 잠수함에 장착된 핵탄두는 처리하기 어려워요."

물속의 잠수함으로 들어가려면 해치를 여는 방법밖에 없으니 당연한 이야기이다.

"그건 잘 감시하고 있다가 기회가 닿으면 그때 처리해."

"네! 알겠어요."

핵보유국들은 유사시에 적에게 큰 것 한 방을 먹일 수 있다는 자부심을 가지고 있다.

그런데 이제 그런 생각은 버려야 할 것이다.

대륙간 탄도미사일을 발사해도 목표물에 맞기는 하겠지만 원하던 폭발은 결코 일어나지 않는다.

무거운 쇳덩이가 타격한 정도의 피해만 줄 뿐이다. 대량 살상이라는 효과가 완전히 사라지는 것이다.

계속 이런 일이 빚어지면 핵탄두를 확인해볼 것이다.

핵물질이 하인스늄으로 바뀌어 있겠지만 그게 뭔지는 모를 것이다. 아직 알려지지 않은 원소이기 때문이다.

물리학자들은 미치고 팔짝 뛰고 싶을 것이다. 뭐든 알아내고 싶은 것이 학자들의 숙명이기 때문이다.

하지만 현수가 알려주지 않는 이상 어느 누구도 하인스늄이 어떻게 만들어지는지 알 수 없을 것이다.

마나를 다룰 능력이 필요한 때문이다.

어쨌거나 핵보유국들, 특히 UN 안보리 상임이사국들은 다른 나라들로 하여금 비핵화를 강요한 바 있다.

명분은 세계 평화였다.

자기들은 가져도 되지만 다른 나라들은 안 된다는 말도 안 되는 잣대를 들이대며 부르짖던 명분이다.

이제 전 세계 어느 나라도 핵무기를 가지지 못하는 시대가 도래(到來)하게 된다.

도로시가 실시간 감시를 할 것이기 때문이다. 다만 만능제작기가 있는 현수는 예외이다.

어쨌거나 핵무기가 몽땅 사라지면 UN 안보리 상임이사국들이 원하던 평화가 다가올지는 두고 볼 일이다.

*   *   *

"우웩! 이거 무슨 냄새지?"

방금 잠자리에서 눈을 뜬 세란이 자신의 손에 묻은 끈적거리는 물질의 냄새를 맡았다가 인상을 찌푸린다.

짙은 갈색인데 분명히 똥 냄새는 아니다.

수박 썩은 냄새와 고기 썩은 냄새가 섞인 듯하다. 꾸리꾸리하면서도 토할 것 같다.

자리에서 일어나며 저도 모르게 제 몸을 만졌던 세란의 눈은 눈알이 튀어나올 정도로 커진다.

온몸에 묻어 있는 진한 갈색의 끈적한 이물질 때문이다. 뭔가 싶어 고개를 숙였는데 냄새가 상상을 초월한다.

"이, 이건……? 우웩!"

세란은 서둘러 화장실로 달려가 변기에 토했다.

어제 먹은 건 이미 다 소화되었기에 나올 것도 없지만 심한 구역질이 올라온 때문이다.

서둘러 샤워기를 틀었고, 바디 클렌저로 온몸을 꼼꼼하게 닦아냈다. 머리끝에서 발끝까지 모든 부위에서 노폐물이 나왔으니 당연하다.

연거푸 세 번이나 샤워를 하고 나서야 몸에서 나던 냄새가 사라진 것 같다.

수건으로 물기를 말리고 욕실 밖으로 나오려던 세란은 멈칫할 수밖에 없었다. 자신이 딛고 왔던 바닥의 흔적 때문이다. 점점이 묻어 있는데 아마 심한 냄새가 날 것이다.

생각해 보니 수도꼭지와 샤워기, 그리고 화장실 손잡이에도 묻어 있을 것 같다. 확인해 보니 예상대로이다. 하여 아침부터 물티슈 한 통을 거의 다 뽑아서 썼다.

'대표님 말씀대로 비닐을 깔지 않았다면……'

'홀랑 벗고 자지 않았다면……!'

더운 여름이라 이불을 덮지 않아도 된 것이 참말 다행이다. 그랬다면 멀쩡한 매트리스와 이불을 버렸어야 할 것이다.

'정말 말씀하신 효과가 있는 건가?'

청소를 마친 세란은 다시 화장실로 들어가 자신의 벗은 몸을 유심히 살폈다.

'히잉! 비율도 좋아진다고 하셨는데.'

세란의 고민은 자신의 하체가 약간 짧다는 것이다.

실제로 그런 게 아니라 다른 멤버에 비해 각선미가 열세라 느끼고 있었는데 그 원인이 다리 길이라 생각한 것이다.

세란은 늘씬하게 쪽 뻗은 다리를 유심히 관찰했다.

'효과가 있다고 하셨는데 하루밖에 안 돼서 그러나?'

자신의 하체를 살피는 세란은 얼굴에 있던 기미가 사라진 것과, 자고 일어나면 퉁퉁 부어 있던 손발이 말짱하다는 것을 전혀 느끼지 못하고 있었다.

　같은 시각, 정민은 전신 거울 앞에서 본인의 궁둥이를 살펴보고 있다. 살짝 밋밋했던 오른쪽 엉덩이가 약간은 도톰해진 느낌인 것 같기도 한데 아직은 잘 모르겠다.

　하여 고개를 갸웃거린다.

　정민의 귀는 우측이 좌측보다 살짝 아래에 위치하고 있었다. 그 차이가 적었으며, 늘 머리카락으로 가려져 있어서 본인도 인식하지 못하던 것이다.

　그런데 지금은 완벽한 대칭을 이루고 있다.

　정민 역시 얼굴의 트러블이 완전히 사라졌음을 미처 느끼지 못하고 있다.

　서연 또한 거울에 시선이 고정되어 있다. 뭔가 달라진 것 같기는 한데 도통 알 수 없는 때문이다.

　'뭐야? 뭐가 달라진 거지? 분명 뭔가 달라졌어.'

　거울에 비친 서연의 모습은 흠잡을 데 없을 정도로 아름답다. 잡티 하나 없는 얼굴, 만지면 묻어날 것 같이 뽀얀 피부, 그리고 눈, 코, 입이 완벽한 조화를 이루고 있다.

　본인이 봐도 '세젤예'이다. 하여 고개를 갸우뚱거리면서도 아름다운 미소를 짓고 있다.

서연은 어린 시절에 심한 중이염을 앓았다.

당시 제대로 된 치료를 받지 못해 오른 쪽 청신경에 문제가 발생되었다. 하여 오른쪽 귀가 잘 들리지 않았다.

그런데 지금은 정상이다. 하지만 본인은 모르고 있다.

꼼꼼하게 씻고 나온 예린은 욕실 거울에 비친 자신의 풍만한 가슴을 살피고 있다.

'조금 커졌나? 어! 근데 오늘 왜……?'

예린은 서둘러 화장실 수납장을 열었다. 갑작스레 생리가 시작되었기 때문이다.

예린은 의학용어로 희발월경(Oligomenorrhea)이라 하는 생리불순 증상을 겪고 있었다.

희발월경이란, 생리 간격이 35~40일 이상으로 길어지는 증상을 말한다.

40일형과 45일형 등 항상 일정한 간격으로 월경이 나타나는 경우와 부정기적으로 1년에 3~4회밖에 나타나지 않는 경우로 나눌 수 있다.

예린의 월경은 부정기적인 데다 언제 시작될지 몰라 항상 생리대를 지참해야 하는 불편함을 겪고 있었다.

그 원인은 여성호르몬 분비 부족과 불균형 때문이었다. 하여 다른 멤버에 비해 약간은 왈가닥이었다.

엘릭서는 이를 말끔하게 잡아냈다. 하여 이제부터는 정확히 28일에 한 번씩 생리를 겪게 될 것이다.

생리로 인한 불쾌함이나 생리통은 당연히 없다. 아울러 냄새도 그리 심하지 않을 것이다.

연진 역시 고개를 갸웃거리고 있다.

아침에 눈을 뜨자마자 지독한 냄새에 깜짝 놀라 샤워를 했다. 그러다 변기에 걸터앉아 대장과 직장을 완전히 비웠다.

정말 오랜만에 맛보는 통쾌한 쾌변이었다.

얼마나 많이 배설했는지 변기가 가득 찬 모습을 보고 화들짝 놀라지 않을 수 없었다.

이는 상당한 양의 숙변까지 모두 배설된 결과이다.

숙변(宿便)은 변비와 불가분의 관계에 있다.

변비가 변이 나오지 않는 상태라면, 숙변은 변비로 인해 제때 배설되지 않고 장(腸)에 남아 있게 된 변을 말한다.

주로 담즙산과 세균 덩어리, 기생충, 음식 부패물 등이 결합된 악성 노폐물로 암모니아, 인돌, 스카톨, 황화수소, 메탄 등을 생성해 배 속에 가스가 부글부글 차게 만들고 방귀나 변으로 배설될 때 냄새를 지독하게 하는 원흉이다.

예린이 배설한 숙변의 양만 약 2kg이다.

정상적인 대변에 이만큼이 추가되었으니 얼마나 부피가 컸겠는가! 정말로 변기가 가득 찰 정도였다.

예린은 서둘러 변기의 물을 내렸고, 환풍기까지 가동시켰다. 냄새가 너무 지독했기 때문이다.

'이게 어제 먹은 그것 때문인 건가?'

현수의 지시대로 매트리스 위에 두 겹의 비닐을 깔았고, 이불은 덮지 않은 채 잤다.

노폐물이 빠져나온 건 확실하게 느낀다. 끈적이고 냄새나던 것이 그것일 것이다. 그런데 쾌변은 어떤가 싶다.

배를 덮지 않고 자서 배탈이 난 건지, 아니면 약효 때문인지 가늠이 되지 않아 고개를 갸웃거리는 것이다.

예린은·자신의 허리가 1.5인치 정도 줄어든 것을 인식하지 못하고 있었다. 복부 지방과 더불어 숙변이 빠져나가면서 일어난 현상이다.

앞으로는 더 이상 변비 때문에 고생하지 않을 것이고, 숙변이 생기지 않을 것이니 방귀를 뀌더라도 독한 냄새는 나지 않을 것이다.

*   *   *

여느 날처럼 사옥 1층 분식집에 모여서 아침 식사를 마친 멤버들은 곧장 2층 미용실로 향했다.

메이크업을 하고 방송하러 가야 하는 때문이다.

현수가 맛있게 먹었던 떡볶이는 아래층 분식집 작품이다.

손맛을 인정한 조 지사장은 분식집 사장 아줌마에게 다이안의 식사를 맡겼다.

분식뿐만 아니라 한식과 양식도 곧잘 만들기 때문이다.

게다가 맛까지 있어서 멤버들은 지방 행사를 가더라도 가급적 이 분식집에서 식사를 하려고 굶고 오기도 한다.

조 지사장은 물론이고 Y—엔터의 직원들도 이곳에서 식사를 해결한다.

"어머! 오늘은 멤버들 피부 상태가 정말 좋네요."

미용실 보조 스태프가 감탄사를 터뜨린다.

어제까지 있었던 기미와 같은 잡티는 모두 사라졌고, 촉촉하며, 만지면 묻어날 듯하니 한 말이다.

그래서 그런지 화장이 너무도 잘 받았다.

"어유! 오늘처럼 화장이 잘 받으면 훨씬 편하겠어."

미용실 디자이너가 한 말이다. 피곤하거나, 피부 상태가 좋지 않으면 화장이 뜨는 경향이 있다.

그런데 오늘은 멤버들 모두 최상의 컨디션인 듯하다.

다들 왜 이런 상황인지 알지만 어느 누구도 입을 열지 않았다. 현수와 단단히 약속한 바가 있기 때문이다.

메이크업을 마친 멤버들은 라디오 방송 스케줄을 소화하러 떠났다. 모두들 환히 웃는 표정이었다.

메이크업을 하는 내내 거울에 비친 본인의 얼굴을 보았고, 다른 멤버들의 얼굴도 보았다.

어제보다 확실히 더 예뻐졌음을 느낄 수 있었다.

눈, 코, 입, 그리고 눈썹의 균형이 바로잡힘과 동시에 좌우 대칭이 이루어진 결과이다.

서연은 리즈 시절 정윤희의 아름다움을 능가했고, 예린은 김태희보다도 훨씬 예뻐 보인다.

정민은 성유리, 세란은 송혜교, 그리고 연진은 손예진보다도 훨씬 더 뛰어난 미모와 몸매를 갖게 되었다.

예린을 예로 들자면 이전의 신체는 아래와 같았다.

— 신장 165.6㎝   — 체중 52.7㎏
— 좌우시력 1.5, 1.5   — 면역지수 81

현재는 다음과 같이 달라졌다.

— 신장 167.2㎝   — 체중 49.3㎏
— 좌우시력 2.0, 2.0   — 면역지수 98

예린의 신장이 늘어난 건 본인조차 모르고 있던 척추측만증[2]이 바로잡힌 결과이다.

체중이 줄어든 건 숙변 전부가 배설되고, 체지방율이 20%

---

2) 척추측만증(scoliosis) : 척추 옆굽음증. 척추가 정면에서 봤을 때 옆으로 굽은 것

로 낮춰진 때문이다. 시력이 좋아진 건 시신경의 피로가 완전히 회복된 결과이다.

아무튼 멤버들 모두 신장이 늘어나고, 체중은 줄었으며, 시력은 향상되고, 면역지수는 거의 최대치가 되었다.

면역지수 평균치가 98이니 감기 몸살이나 일반 질병 따위는 범접조차 못할 초강력 건강체가 된 것이다.

아울러 평생 혈액이나 혈관과 관련된 질환으로 고생하지 않을 것이고, 어떠한 암도 발생하지 않는 몸이 되었다.

유전적 결함이나, 결함 가능성마저 교정되었으니 유전으로 인한 질병에 걸릴 일이 없어졌으며, 후손에게 좋지 않은 형질을 물려주는 일도 없어졌다.

치아 교정을 하지 않아도 저절로 배열 교정이 될 것이며, 강력한 면역력이 있어 충치가 발생하지도 않는다.

결정적인 건 노화 유전자이다.

별다른 노력을 하지 않아도 다른 이들에 비해 노화 속도가 훨씬 느려지게 되었다.

연예계 동안(童顔)을 꼽으라면 탤런트 장나라가 빠지지 않는다. 마치 혼자만 시간이 멈춘 여전히 20대로 보인다.

다이안 멤버들은 이보다 더할 것이다.

34살이 되어야 간신히 25세 정도로 보이게 될 것이다.

2016년 현재 현재 24세이니 10년이 지난 2026년에 되어도 25세 정도로 보이게 된다.

다이안 멤버들은 무명이나 마찬가지인 세월을 보내다 이제 막 정상급 연예인이 되었다.

그동안 경험하지 못했던 CF도 찍고, 온갖 매체와의 인터뷰, 그리고 전국 각지에서의 행사로 엄청 바쁘다.

그래도 무병장수할 것이며, 늘 동안인 얼굴을 유지할 것이다. 축복받은 인생이 시작된 것이다.

이와 같은 경험은 권지현과 강연희, 그리고 김지윤 차장도 겪은 바 있다.

기형아를 출산할 확률이 매우 높았던 권지현의 태아는 무협소설로 치면 벌모세수(伐毛洗髓)된 상황이다.

날 때부터 남다른 면역력을 가지니 평생 건강할 것이고, 남들보다 뛰어난 두뇌를 가져 공부가 쉬울 것이다.

강연희는 지긋지긋하던 임신중독증으로부터 완전히 해방되어 행복한 나날을 보내는 중이다. 아울러 이상이 발생되어 있던 신장 기능이 정상상태로 회복되었다.

태어날 아기 또한 건강하고, 영특할 예정이다.

아직 처녀지신인 김지윤은 천지건설이 심각한 유동성 위기를 겪을 때 명예퇴직자 대상 명단에 끼어 있었다.

이때 받은 스트레스가 너무 심해서 잠도 제대로 자지 못하는 나날을 보냈었다. 이로 인해 발생되었던 생리불순과 위장장애, 그리고 편두통은 말끔하게 정리되었다.

아무튼 권지현, 강연희, 그리고 김지윤의 체내 노폐물은 모두 배출되었고, 면역지수는 최상인 상태이다.

다시는 아플 일 없는 건강체가 된 것이다.

게다가 미모 교정이 되었다. 미묘하던 불균형이 모조리 정리되었으니 이제부터가 리즈 시절이 되는 셈이다.

*   *   *

2018년 8월 2일 화요일 오전 8시45분.

"대표님! 좋은 아침이에요."

문을 열고 들어와 환히 웃는 여인은 천지건설 김지윤 차장이다. 손에는 노란색과 진한 핑크, 그리고 보라색이 적절히 섞인 프리지아 꽃다발이 들려있다.

이중 진한 핑크와 보라색은 국산종이다. 이를 보고 있던 현수의 뇌리로 번개처럼 스치는 상념이 있었다.

하지만 그 생각은 이어지지 못했다. 상큼한 미소를 짓는 김 차장 때문이다.

"대표님! 꽃병은 어디에……? 아! 저기에 있네요."

김 차장은 창턱에 있던 유리 화병을 집어 들더니 전용화장실로 들어가 꽃을 꽂아 들고 나왔다.

"웬 꽃인가요?"

책상 위에 노란색이 더해지니 분위기가 화사하다.

"이건 고마워서 드리는 거예요. 대표님이 주셨던 일본 복권이 당첨되었더라구요."

말은 이렇게 했지만 지윤은 꽃집에서 프리지아의 꽃말을 듣고 이걸로 정했다.

원래 사려던 건 튤립이다. 노란색과 흰색 튤립이 아주 탐스러워서 그걸 사려다가 무심코 꽃말을 물어보았다.

그런데 노란색은 '헛된 사랑'이고, 하얀색은 '실연'이라 하였다. 이러니 어찌 사겠는가!

튤립보다 안쪽에 있던 프리지아의 꽃말은 '순진, 순결, 깨끗한 향기'라고 하였다. 붉은 장미도 있었는데 너무 흐드러진데다가 꽃말이 '열렬한 사랑'이라 하여 포기했다.

괜스레 남세스러운 마음이 들었던 것이다.

"아! 그랬어요? 하하! 축하합니다."

Y—그룹 임직원 상견례는 지난 4월 28일에 했고, 복권 추첨은 그 다음 날 하였다.

김인동을 비롯하여 모든 인원이 당첨되었다며 감사의 전화를 했고, 받은 당첨금을 모두 가질 수 없다면서 어떻게 하느냐는 전화를 받은바 있다.

이에 현수는 다 당신들의 복이라며 껄껄 웃어넘겼다. 그러고 보니 김 차장만 연락이 없었다.

"제가 업무가 많아서⋯, 죄송해요. 일찍 확인했어야 하는데⋯, 늦었지만 감사드려요. 근데 당첨금은 어쩌죠?"

"어쩌긴요? 그건 김 차장 복이니 맛있는 거 사드세요."

현수는 기껏해야 4등이나 5등 쯤 당첨된 걸 가지고 뭘 그러느냐는 표정을 지어 보였다.

"에이, 그래도 그럼 안 되죠. 그래도 대표님이 주신 게 당첨된 거잖아요. 그래서 말인데 당첨금 받은 걸로 오늘 점심 사드리고 싶은데 시간 괜찮으시죠?"

김 차장은 서글서글한 눈웃음을 치며 환히 웃는다. 도저히 거부할 수 없는 그런 미소였다.

"아주 비싼 거 먹고 싶은데… 그래도 괜찮아요?"

"어머, 그럼요! 뭐가 드시고 싶으신데요?"

그냥 해본 소린데 듣던 중 반가운 소리라는 표정을 지으며 반색한다.

"으음……! 간장게장 어때요?"

숙소에 에어컨이 있지만 현수는 그걸 사용하는 습관이 없다. 황제가 어찌 그런 걸 조작하겠는가!

아무튼 날이 더워서 그런지 입맛이 없어 아침을 굶은 상태이다. 이럴 때는 찬밥을 물에 말고, 짭짤한 간장게장을 먹으면 맛이 있을 것 같기에 한 말이다.

"간장게장이라면… 공덕동 진미식당 어떠세요? 마포경찰서 건너편 골목 안쪽에 있어요."

"진미식당이요? 거기 괜찮아요?"

"네, 괜찮아요. 거긴 소문난 맛집이에요."

"좋아요! 그럼 거기로 가요. 근데 간장게장은 조금 비싸지 않나요? 당첨금이 얼마기에 비싼 밥을 산대요?"

진미식당 간장게장 1인분 가격은 3만 8,000원이나 된다. 점심식사치고는 비싼 편이다.

"호호! 조금 되요. 하지만 그 정도는 가뿐하게 사죠."

또 상큼한 웃음을 지어 보인다. 치열이 고르고, 희다는 느낌이었다.

"좋아요! 그럼 김 차장님 덕분에 포식 한번 하죠."

"호호! 네에. 또 드시고 싶으신 거 있으시면 언제든지 말씀하세요. 뭐든 열 번은 사드릴게요. 아! 오늘 건 빼구요."

지윤은 현수가 얼마나 돈이 많은 사람인지 잘 알고 있다.

로또7 3등 당첨금으로 수령한 1,301만 1,792원이 큰돈이기는 하지만 그걸 몽땅 다 준다고 해도 받지 않을 것이라는 것도 잘 안다.

신수동 부동산을 매입하는 내내 현수를 만나고 싶어도 만날 수가 없었다.

외국으로 출장을 갔다 온 뒤로 어딘가의 사무실로 출근하는 모양인데 그곳이 어딘지 알 수 없었던 때문이다.

그러다 7월 31일부터 이곳 구수동 Y—엔터 빌딩 4층 사무실에 머문다는 걸 알게 되었다.

도로시 게일로부터 걸려온 은밀한 전화의 내용이 바로 이것이었다. 하여 천지건설로 가지 않고 이곳으로 출근했다.

오늘부터는 현수의 충실한 비서가 되어 입안의 혀처럼 모든 수발을 들어줄 생각이다.

유니콘 아일랜드가 분양된 후 회사로부터 받은 포상금만 77억 4,000만 원이었고, 직급도 두 계단이나 뛰어 차장이 되었다. 당연히 연봉도 왕창 올랐다.

들리는 소문으론 현수 덕에 아제르바이잔 건이 성사단계에 이르렀다고 한다.

그쪽 책임자인 건설부 장관이 계약서에 사인을 하고 갔다.

워낙 큰 공사인지라 의회의 승인과 더불어 아제르바이잔 대통령의 결재까지 떨어져야 수주에 성공한 것이다.

그때까지는 극도의 보안 속에서 숨죽인 채 인내의 시간을 가져야 한다. 누가 깽판칠지 알 수 없기 때문이다.

하여 외부에선 이러한 사실을 전혀 모른다.

이 공사에 관해 사실을 알고 있는 사람은 이연서 총괄회장과 신형섭 사장, 그리고 조인경 과장뿐이다.

보안 때문에 실세인 박준태 전무조차 알지 못한다.

그럼에도 김지윤이 이러한 정보를 입수한 것은 신형섭 사장의 지시를 받은 조인경 과장이 알려줘서이다.

수행비서 노릇을 하라고 임무를 부여했는데 너무 모르면 안 될 것 같아 넌지시 귀띔해 준 것이다.

조인경 과장조차 모르는 사실이 하나 있다.

공사가 확정되면 조인경 과장과 김지윤 차장을 포상하라는 이연서 총괄회장의 지시가 있었다는 것이다.

현수가 천지건설을 찾아오게 된 건 전적으로 김지윤 차장과의 인맥 때문이라는 것이 회사의 생각이다.

그런 현수를 동시통역사로 착각하여 아제르바이잔 인사들과 만나게 해준 건 조인경 과장의 공이다.

동시통역사 이서운으로 착각한 거지만 결과적으론 훨씬 좋은 결과를 만드는 결정적 계기가 되었다.

회사는 현수 덕분에 예상치 못했던 엄청난 공사를 수주할 뿐만 아니라 예상외의 수익까지 거둘 예정이다.

총 공사비가 610억 달러이니 10%만 순이익으로 떨어져도 61억 달러나 된다. 한화로 7조 1,720억 원 정도 된다.

무탈하게 준공된다면 이보다 훨씬 많은 수익을 올리게 될 것이다. 차관 제공이라는 조건이 붙어 있었던 때문이다.

이밖에 22억 3,600만 달러가 추가 수입이다. 한화로는 2조 6,290억 원 정도이다.

둘을 합치면 무려 9조 8,010억 원이다.

2016년 7월 말 현재 천지건설 임직원수는 5,864명이다. 정규직과 기간제 근로자를 모두 포함한 숫자이다.

이들의 평균 연봉은 7,116만 원이다. 하여 매달 347억 7,352만 원이 급여로 지출되고 있다.

아제르바이잔 신행정도시 건설공사가 성공리에 마쳐지면 천지건설이 거둘 순수익은 282개월간 급여를 지불할 금액이 된다. 무려 23.5년이다.

수익 금액을 연 1.6% 금리인 정기예금으로 예치하게 되면 1년에 약 1,568억 원 정도의 이자가 발생된다.

이보다 수익이 좋은 곳에 투자한다면 훨씬 긴 세월 동안 회사를 유지할 수 있다. 전 임직원이 아무런 일도 하지 않고 1년 내내 놀고 있을 때가 이러하다.

따라서 결정적 공을 세운 김지윤과 조인경에겐 어마어마한 포상을 해야 한다.

문제는 사내 정치와 위계질서이다.

김지윤은 이제 겨우 스물여덟 살이다. 그런데 벌써 차장으로 진급한 상태이다.

천지그룹 전체를 통틀어도 김지윤보다 나이가 어린 차장은 없다. 재벌가 자손도 아닌데 그러하다.

그래서 개발사업부에 계속 있을 수 없어서 궁여지책으로 현수의 수행비서로 배치된 것이다.

그런데 또 승진시켜줘야 할 상황이다.

현 직급이 차장이니 부장이 되어야 한다는 뜻인데 마땅히 배치할 만한 부서가 없다.

부서가 있더라도 반기지 않을 것이다.

스물여덟 살짜리 여성 상사 아래에 있기를 원하는 직원들은 매우 드물 것 같기 때문이다.

조인경 과장도 마찬가지이다.

대표이사실 바로 옆 부속실에 있기에 망정이지 다른 비서
실 직원들과 함께 있었다면 많이 불편해했을 것이다.

어쨌거나 조인경도 계급을 올려줘야 형평성이 맞는다. 차장
이 된다는 뜻이다.

스물아홉에 대기업 차장인 여성이 얼마나 있겠는가!

적어도 천지그룹엔 없다.

세운 공이 있으니 스물여덟짜리 부장과 스물아홉짜리 차
장이 임명되는 건 이의가 없을 것이다.

문제는 어느 부서로 배치를 하던 지휘를 받아야 하는 직원
들이 불편해한다는 것이다.

그럼에도 인사이동은 해야 한다. 하여 묘수를 짜내야 하는
신형섭 사장만 두통이 심한 상태이다.

Chapter 03
—
누가 설계한 겁니까?

"맛이 어떠셨어요?"

"좋았어요."

현수는 짐짓 배부르다는 듯 몸짓을 했다.

"차도 한잔하셔야죠?"

"그래요. 커피는 내가 살게요."

"어머! 아니에요. 제가 사드려야 해요."

말을 마친 지윤은 잽싸게 계산을 마쳤다. 회사에서 준 법인 카드로 해도 되지만 일부러 본인의 카드를 긁었다.

그래야 마음이 편해서이다.

"가시죠."

진미식당을 나선 지윤은 서부지원 쪽으로 방향을 잡았다.

미리 검색해 두었던 성영태 커피하우스로 향한 것이다. 핸드드립 커피와 수제 치즈케이크가 맛있다고 소문난 집이다.

현수는 에티오피아 예가체프 G1과 브라우니를 주문했고, 지윤은 브라질 파젠다 카핀 세코와 치즈케이크를 주문했다.

"맛이 있겠죠?"

지윤은 다소 들뜬 듯 연신 미소를 지으며 시선을 마주친다. 그럴 때마다 먼저 시선을 돌리는 건 현수이다.

괜스레 민망해서이다.

주변을 둘러보는 동안 주문했던 게 나왔다. 2층에 있어서 그런지 한산하고 조용해서 좋았다.

"Y-빌딩 진척사항은 어떻게 되어가요?"

"서울시에서 층고가 너무 높다고 설계 변경하라고 했어요."

건축 심의에 들어간 건 60층 건물 3개 동과 50층 건물 3개 동이었다.

설계는 도로시가 했지만 건축사 면허가 없으므로 한창호 건축사 사무실과 계약한 상태이다.

일거리가 없어 개점휴업 상태나 마찬가지였던 한창호 건축사는 심각하게 폐업을 고려하고 있던 참이다.

미적 감각과 공감각적 설계 능력은 매우 뛰어나지만 수주능력이 형편없어서 그러하다.

본인이 못하면 누군가를 고용하여 설계 수주 영업을 뛰게 해야 하는데 그쪽으론 생각이 미치지 못했다.

영업 감각도 없기 때문이다. 하여 설계사무소 문을 닫고 건설회사에 이력서를 제출하려고 했다.

그러던 어느 날, 김지윤 차장이 방문을 했고, 경악할 만한 제안을 받았다.

완벽한 설계도면을 줄 테니 내용을 충분히 검토해보고 서울시에서 건축 허가를 받아달라는 내용이다.

일이 없어서 놀고 있는 상황에 클라이언트가 직접 일감을 가지고 발걸음을 했다. 황송한 일이다.

하여 기꺼이 설계를 맡겠다는 마음을 품을 때 김 차장은 지참해 온 도면을 가져오도록 했다.

네 명의 직원이 릴레이식으로 가지고 올라왔는데 도면의 양이 상당히 많았다. 하여 이건 뭔가 하는 생각을 했다.

그러다 조감도를 보게 되었다.

한때 미대를 갈 생각을 품었을 만큼 미적 감각이 뛰어난 한창호였지만 이를 보는 순간 넋을 잃었다.

하긴 서기 2300년에도 첨단을 걷던 건축양식이니 멋져 보이는 것이 당연할 것이다.

잠시 후, 또다시 멍해졌다. 당장 시공할 수 있을 만큼 완벽한 도면이 갖춰져 있었던 때문이다.

각각의 투시도와 배치도, 입면도, 평면도는 물론이고, 단면도와 단면상세도 등이 있었고, 시방서[3] 도 있었다.

이밖에 구조계산서도 있었다.

먼저 300페이지 정도 되는 시방서를 펼쳐보려는데 김지윤 차장이 입을 열었다.

"그건 앞부분만 있어요. 나머진 여기에……."

김지윤이 핸드백 속에서 USB를 꺼내 건넸다.

겉면에 표시된 용량은 64기가바이트이다. 시방서의 내용이 상당히 많음을 의미한다.

"시방서의 총 페이지 수는 8,319페이지에요. 너무 많아서 앞부분만 인쇄한 거지요."

"네에……?"

무슨 시방서가 8,000페이지를 넘는가 하는 생각을 했다.

"구조계산서[4] 도 너무 양이 많아서 일부만 프린트한 거에요. 그건 17,844페이지예요. 나머진 여기에……."

또 하나의 USB를· 건넨다. 이번 것도 64기가바이트 용량이다. 뭔가 엄청나게 담긴 모양이다.

---

3) 시방서(Specification, 示方書) : 설계도에 표시할 수 없는 설계상의 지시를 문장이나 수치 등으로 나타낸 것. 품질, 소요 성능, 시공 정밀도, 제조법, 시공법, 자재 메이커 등이 표시된다.
4) 구조계산서(structural calculation) : 건축물의 안전확보를 위하여 법률로 규정된 구조를 계산한 것을 표기한 문서. 건축물의 자중(自重)과 적재하중, 적설, 풍압, 토압. 수압, 지진, 및 기타 진동과 충격에 대한 안전을 계산한 것이다.

"헐……!"

한창호는 나지막한 탄성을 냈다. 무얼 얼마나 계산하였기에 17,000페이지가 넘나 싶었던 것이다.

얼마나 양이 많을까 생각을 하며 도면을 넘기던 중 지하 8층 기초 아래에 공사되는 제진설계도를 보게 되었다.

한창호는 설계 경험이 꽤 많다. 건축사 면허를 따기 전까지 상당히 많은 설계에 참여했던 것이다.

그중엔 원자력발전소도 있었고, 석유 플랜트나 해수 담수화 공정이 메인인 건물들도 있었다.

다른 건축사들은 경험하기 힘든 것들이다.

그렇기에 웬만하면 다 알아본다 생각하고 있었는데 생판 처음 보는 것이 보였다. 이건 대체 뭔가 하며 이리저리 궁리해 보았지만 도통 알 수가 없었다.

그러던 중 도면 아래에 표기된 걸 보게 되었다.

Vibration Control Plan

"진동 제어 계획? 이건 뭐죠?"

"그건 제진설계예요. 제진 아시죠? 내진, 면진, 제진이요."

"네에? 이, 이게 제진설계도라고요?"

"네! 리히터 규모 8.0에도 끄떡없을 거라고 하네요."

"헐……!"

한반도는 지진 빈도가 낮으며 리히터 규모 8.0짜리 지진이 일어날 확률은 거의 제로에 수렴된다.

그런데 그런 강진을 고려한 제진설계를 하였다니 눈을 부릅뜬 채 살펴보았다. 한글로 표시되어 있기는 한데 어떻게 해서 지진을 제압하는지는 이해되지 않았다.

한참 더 공부를 해도 알 수 있을지 의문일 정도의 구조를 가지고 있었다.

그러다 배치도를 보게 되었는데 부지경계를 나타내는 굵은 실선 바로 안쪽에 실선 하나가 더 있다.

배치도는 건축물과 부지, 도로의 위치 관계, 부지 내의 여러 시설 및 지형 등을 나타내는 그림이다.

'어라? 이건 뭘 표시한 거지?'

한창호가 고개를 갸웃거릴 때 김지윤이 입을 열었다.

"그건 수밀차단벽이에요. 홍수 위험이 있을 때 높이 5m짜리 차단벽이 올라가도록 설계되어 있어요."

"부지 전체 수밀 차단벽이요?"

"네! 홍수가 나면 지하층 피해가 크잖아요."

"헐…!"

부지의 둘레 길이는 약 1.65㎞ 정도이다. 이것 전체에 수밀차단벽을 설치하는 것은 상당히 많은 비용이 든다.

아울러 유지하는 것도 돈이 든다.

건축법상 아무런 의무도 없음에도 이걸 설치한다는 건 건물에 대한, 그리고 입주자들에 대한 배려이다.

"좋군요! 근데 이건 누가 설계를 한 건지요?"

보아하니 당장 시공해도 좋을 만큼 모든 게 갖춰진 도면이다. 제진설계는 아예 처음 보는 것이다.

"외국에서 한 거예요. 이거 맡으시면 좋은 공부가 될 거라고 하더군요."

한창호는 지체 없이 고개를 끄덕였다. 김지윤 차장의 말이 사실이라는 걸 인정한 것이다.

"규모는 얼마나 되죠?"

"지하층 면적만 35만 6,000평이고, 지상층 면적 합계는 58만 5,000평이요."

"네에?"

도면의 치수를 보았기에 넓다는 건 알았지만 이 정도일 거라곤 상상하지 못했다.

"합계 94만 1,000평이죠."

"헐~!"

한창호는 나직한 탄성을 냈다.

건축사 면허를 따면서도 이 정도로 넓은 건물과 연관될 거라곤 전혀 상상치 못했던 때문이다.

지금껏 설계한 것 중 가장 높은 건 6층짜리이고, 면적은 413.8평이었다. 그런데 어느 날 갑자기 2,274배나 넓은 걸 설계하게 된 셈이다.

"설계비는 얼마나 드려야 하나요?"

"네……?"

한창호는 멍한 표정이다. 설계비를 얼마나 받아야 할지 감조차 잡히지 않기 때문이다.

"건축주 의견은 평당 4만 4,000원이 어떠시냐고 했어요."

40평짜리 주택을 설계할 경우 600~2,000만 원 정도를 받는다. 평당으로 환산하면 15~50만 원이라는 뜻이다.

그런데 이 건물은 이에 맞추면 안 된다.

본인이 설계하느라 시간과 노력을 기울이지 않아도 될 정도로 완벽한 도면이 이미 있다.

주방 싱크대와 전등, 스위치 같은 것들도 제조사와 스펙이 완벽하게 표기되어 있으니 도면대로 시공만 하면 된다.

단독주택 건축주처럼 요구사항이 많지 않다는 뜻이다.

'그나저나 평당 4만 4천원이면 설계비가 얼마지?'

한창호는 머릿속 계산기를 두드려 보았지만 계산이 되지 않는다. 갑자기 커진 단위 때문이다.

김지윤은 한창호의 속내를 짐작했는지 계산기를 꺼내 두드린 뒤 보여주었다.

414억 400만 원

"헉~!"

숫자를 보는 순간 한창호의 눈이 왕방울처럼 커졌다.

상상도 못 해본 숫자 때문이다. 부가세를 뺀 순수 설계비만 376억 4,000만 원이라는 뜻이다.

"어떠세요?"

김지윤은 이미 넋이 나가버린 한창호를 바라보았다.

"조, 좋죠!"

사무실 임대료를 어찌 낼까 걱정하던 차이다. 당연히 수락이다. 아니 '어서옵쇼'이다.

"이건 Y—빌딩 설계도예요."

김지윤은 또 하나의 USB를 건넸다.

"가능한 빨리 건축허가를 내주세요."

"네, 그럼요!"

한창호 건축사가 김지윤을 만난 날 그의 계좌로 200억 원이 송금되었다.

이를 확인한 한창호는 환호성을 질렀다.

그리곤 몇 되지 않는 직원들을 불러 모은 뒤 Y—빌딩 설계 도면을 본격적으로 확인하기 시작했다.

그런데 이상한 것이 계속 발견되었다.

첫째는 바닥 슬래브 콘크리트 타설 시 두께 5㎜ 정도 되는 방진패드를 넣고 시공하라는 것이다.

이게 뭔가 싶어 시방서를 찾아서 확인해 보니 층간 소음을 잡아주기 위한 목적이라고 했다.

겨우 5㎜ 정도 되는 방진패드 하나를 깐다고 층간 소음이 없어질 리 없다는 걸 너무도 잘 알기에 고개를 갸웃거렸다.

거의 완벽한 설계인데 옥의 티인가 싶어서이다.

이는 겉만 봐서 그러하다. 외형 치수는 5㎜가 맞다. 하지만 이것의 실제 두께는 75㎜이다.

공간확장 마법이 적용되어 있기 때문이다.

이것의 내부엔 팽팽하게 인장된 진동흡수막이 5㎜ 간격으로 채워져 있다. 모든 진동흡수막이 맞닿지 않는 한 위층에서 발생된 진동은 아래층으로 전달되지 않는다.

미래의 기술로 만들어진 이것을 사용하면 위층에서 미식축구를 해도 아래층에선 전혀 느끼지 못한다.

둘째는 보일러가 없다는 것이다.

무엇으로 난방을 해결할 것인지 가늠되지 않았다.

시방서를 뒤져보니 바닥재 바로 아래에 12㎜ 두께의 전기온돌패널 같은 걸 설치하게 되어있다.

가구수가 많으니 겨울이 되면 엄청난 전기가 필요할 것이라 생각했는데 전기인입 표시가 되어 있지 않았다.

다시 말해 한전으로부터 전기를 공급받지 않는다.

이리저리 찾아보니 바닥재 아래에 있는 것 중 10㎜는 축전설비이고, 나머지 2㎜가 전기온돌판넬로 표기되어 있다.

고개를 갸웃거리지 않을 수 없었다.

축전을 하려면 전기를 공급하는 장치가 있어야 하는데 전혀 보이지 않은 때문이다.

셋째는 외벽 유리창 단면 상세에서 발견하였다.

유리창 외부에 태양광발전 필름을 부착하여 발전한다는데 어느 곳에도 전력변환장치인 인버터가 보이지 않았다.

고개를 갸웃거렸지만 아무리 봐도 어떻게 하려는 건지 이해되지 않았다. 직류를 교류로 바꾸지 않으면 가전제품 전부를 쓸 수 없기 때문이다.

이는 한창호가 현재의 잣대만 알기 때문이다.

미래의 인버터는 그 크기가 지금보다 훨씬 작다.

구조도 아주 간단해지는지라 외력에 의한 물리적 파손이 아니라면 고장 날 일도 없다.

현재의 휴대폰 정도 크기인데 베란다 창고 위쪽에서 거실 천장 속으로 끼워 넣도록 되어 있다.

사람의 손이 닿기 어려운 위치이고, 부실시공이 되더라도 물이 스며들 확률이 거의 없는 곳이다.

그럼에도 방수 및 단열 효과가 있는 플라스틱 용기를 먼저 시공하도록 되어 있다.

혹시 있을지 모를 상황까지 대비되어 있는 것이다.

어쨌거나 이것으로부터 위층 바닥재 바로 아래 축전지로 전기가 공급되도록 되어 있다.

현재의 태양광발전패널의 효율은 8~15%이다. Y-빌딩에 적용될 것은 91.8%의 효율을 가질 것이다.

지금보다 약 6~11배나 고효율이다.

게다가 이게 사용되면 미세먼지, 황사, 매연 등으로 인한 오염은 걱정하지 않아도 된다. 미래기술과 정화마법이 적용되어 더러워지지 않기 때문이다.

유리창 안쪽에는 다른 용도의 필름이 부착된다.

편광(偏光)필름이라 명명된 이것은 외부의 빛을 조절한다.

여러 단계로 설정 가능하며 굳이 암막커튼을 치지 않아도 빛을 완전히 차단할 수 있다.

안에선 밖이 훤히 보이지만 밖에선 안을 들여다볼 수 없다. 프라이버시 보호를 확실하게 하는 소재이다.

*   *   *

한창호는 이밖에도 여러 이상한 점을 발견하였다.

하여 여러 번 연락했지만 만족할 만한 대답은 듣지 못하였다. 김지윤도 모르니 알려줄 수 없었던 것이다.

한창호의 최종 질문은 '누가 설계했는가?' 였다. 그런데 그 역시 알 수 없었다.

구조계산서를 검토하던 구조기술사 역시 많은 의문을 가졌다. 철골과 콘크리트를 소재로 하는데 기둥 간격은 너무 멀고, 보의 크기는 작다 느낀 때문이다.

하지만 만족할 만한 답변은 듣지 못하였다. 김지윤이 알려 줄 수 있는 사안이 아니기 때문이다.

'어떻게 이런 계산이 나왔는지?' 를 묻는 게 아니었다.

'무엇을 어떻게 적용하여 이런 계산을 했는지?' 를 알고 싶었던 것이다. 다시 말해 근본적 원리가 궁금했던 것이다.

구조기술사는 구조계산서 말미에 미주(尾註)로 붙어 있는 여러 공식에 빠져 식음을 전폐할 정도가 되었다.

한 번도 보지 못했던 공식이지만 그 공식이 만들어진 과정이 너무도 설득력이 있었기 때문이다.

전기와 설비 쪽에서도 많은 질문이 빗발쳤다. 한 번도 경험해 보지 못한 것들이 즐비했으니 당연한 일이다.

이들 역시 의문만 가졌을 뿐이다.

어쨌거나 한창호 건축사는 최선을 다해 검토를 했다.

잘 모르겠는 부분도 많이 있었지만 나중에 학습하기로 하고 일단 허가 절차를 밟았다.

김승섭 변호사가 서울시와의 협의에서 외국인 특별투자지역 승인을 받아냈기에 건폐율은 70% 이하, 그리고 용적률은 1,300% 이하로 합의된 상태이다.

그 대가로 서울시에 4,000평을 50년간 무상 임대하기로 하였고, Y—파이낸스의 설립을 서두르기로 했다.

슈퍼노트의 출현과 에이프릴 때문에 엉망진창이 되어버린 경제에 조금이라도 보탬이 되라는 뜻에서 내린 결정이다.

그런데 건축심의 과정에서 반려되었다. 주거 공간의 층고가 너무 높다는 게 그 이유이다.

여의도 63빌딩의 높이가 248m인데, 같은 60층이면서 그보다 85m나 높은 333m이니 퇴짜를 먹은 것이다.

참고로, 이 높이는 헬리포트와 안테나까지의 높이가 아니라 최상층까지의 높이이다.

이를 포함하면 350.5m이다.

지하 1층이 지표면으로부터 2m 솟아 있고, 1층의 층고는 18m, 2층은 10m이다. 3~60층까지는 층고가 5.1m이다.

마지막으로 옥상 난간 벽의 높이는 4.1m로 신청되었다.

혹시 있을지 모를 투신자살을 미연에 예방하고, 태양광 발전을 조금이라도 더 하기 위함이다.

이에 서울시 건축심의 위원들은 사무공간과 주거공간의 층고를 조절하라는 권고사항을 붙여서 반려하였다.

이 소식을 들은 도로시는 즉각 새로운 도면을 작성하였다.

수천 장이나 되지만 설계를 하는 데 걸린 시간은 불과 2초 남짓이었다. 그런데 그걸로 허가 신청을 할 수는 없었다.

마치 그럴 줄 알았다는 듯 미리 준비해 둔 모양새가 되기 때문이다.

아무튼 새로 설계된 것은 다음과 같다.

지하 1층은 지표면으로부터 2m 솟아 있고, 1층 층고는 18m, 2층 층고는 10m이다.

여기까지는 이전과 동일하다.

사무공간인 3~10층은 5.1m로 조절해 두었지만, 주거공간인 11~60층의 층고는 4.5m로 조절하였다.

마지막으로 옥상 난간 벽의 높이는 4.2m이다.

그 결과 최상층 높이가 300m로 낮아지기는 했지만 여전히 63빌딩보다 52m나 높다.

어쨌거나 도로시는 심의 과정에서 오간 모든 대화를 감청한 바 있다.

그 자리엔 서울시 행정부시장이 함께했다.

김승섭 변호사와 더불어 신수동 일대를 외국인 특별투자지역 지정을 논의했던 인물이다.

그는 한국은행, 국세청, 그리고 기획재정부에서 주시하고 있음을 잘 알고 있다.

현재의 대한민국은 극심한 불경기라 자영업자들의 폐업이 속출하고 있고, 외국인 투자자들은 한국을 떠났다.

슈퍼노트의 출현으로 원 달러 환율이 엉망이 되자 외환이 썰물처럼 빠져나갔다.

한국이 미국보다 기준금리가 낮은 것도 한 몫 했다. 하여 제2의 외환위기를 염려하는 목소리가 높다.

게다가 입국과 출국 모두 여의치 않다. 당연히 수입과 수출도 꽉 막혀 있는 상황이다.

조금만 더 기간이 길어지면 자칫 고사(枯死)할 수도 있다. 자원빈국인 때문이다.

이런 상황에서 유일하게 대규모 투자를 하겠다고 나섰는데 사사건건 발목을 잡았다간 될 일도 안 된다.

하여 반려 직후 심의위원들에게 일련의 상황을 이야기하고 협조를 구했다. 특혜 소지가 있다는 건 알지만 일단은 경기를 살리는 데 일조가 될 일이기 때문이다.

"설계 변경을 하라고요?"

"네! 주거공간의 층고가 너무 높아서 생활하는 데 어려움이 예상된대요. 전등을 교체하려 해도 너무 높대요."

"흐으음!"

듣고 보니 일리가 있다. 일반 가정에 5m 높이의 사다리는 없을 것이기 때문이다.

현수는 도로시를 호출했다.

'도로시! 어떻게 된 거야?'

'심의위원들의 말도 일리가 있어서 설계 변경을 마쳤어요.'

'어떻게?'

'사무공간과 주거공간을 구별하여……'

'층고를 4.5m로 줄이면 전기 수급에 문제없겠어?'

'네, 집집마다 전기 사우나를 설치하지 않은 이상은 괜찮을 거예요.'

'한여름에 에어컨 사용이 집중되면?'

'에어컨은 없어요. 적정온도조절장치가 설치되니까요.'

가정용은 10~32℃까지 0.5℃ 간격으로 설정 가능하다.

지하에 조성될 아이스링크의 경우는 이보다 훨씬 낮은 온도로 설정하면 되는 일이다.

'에고, 내가 얼른 서클을 만들어야 한다는 거네.'

'맞습니다. 하지만 너무 걱정 마세요, 조만간 가능할 것 같으니까요.'

잠시 도로시와 대화한 현수는 김지윤에게 시선을 주었다.

"Y-파이낸스 부지매입은 어떻게 진행되고 있어요?"

200평 규모인 부지를 100곳이나 확보해야 할 일이다.

쉽지 않은 일이라 생각했었다. 인구 유동이 제법 있는 준주거지역의 부동산을 매입해야 하니 당연한 일이다.

장사가 잘되는 곳이거나, 공실이 없던 건물이라면 팔지 않겠다는 말을 할 것이다.

임대 수입이 쏠쏠하니 내놓을 이유가 없다.

그런데 상황이 바뀌었다.

에이프릴과 슈퍼노트 때문에 부동산 가격이 폭락하였다.

불경기와 맞물려 폐업이 속출하면서 공실이 많이 발생되었다. 그런데 은행이 대출금리를 왕창 올렸다.

대출을 받았다면 원금 상환과 이자 납입이 녹록치 않은 상황이 된 것이다. 그 결과 수많은 매물이 시장에 나와서 입맛에 맞는 것을 골라잡을 수 있게 되었다.

게다가 생각보다 돈이 훨씬 덜 들게 되었다.

애초의 생각은 평당 3,500만 원 정도를 예상했다. 그런데 지금은 2,000만 원이면 살 수 있다.

서울의 부동산 가격이 40% 정도 폭락한 결과이다.

아직은 Y─파이낸스 법인 설립이 되지 않아 매물의 가격만 알아보고 있는 중이다.

아마 더 떨어진 가격에 매입할 수 있게 될 것이다. 시중의 현금이 씨가 말라 버렸기 때문이다.

모두가 불안해하던 IMF 시절, 현금 부자들은 '이대로 영원히!' 를 외치며 축배를 들었다고 한다.

1997년 말~1998년 초에 기업들은 연쇄 도산에 빠졌고, 환율과 금리는 연일 치솟았다.

대우그룹, 한보그룹, 삼미그룹, 진로그룹, 대농그룹, 기아그룹, 청구그룹, 나산그룹, 한라그룹, 거평그룹, 삼립식품, 한신공영, 해태제과, 뉴코아, 온누리여행사, 고려증권, 동서증권, 극동건설 등이 도산했다.

간신히 살아남은 기업들은 앞 다퉈 구조조정을 실시했다. 그 결과 30~40대 직장인 상당수가 실업자로 전락했다.

부동산 시장은 폭락했고, 주가는 폭락했으며, 빌딩 공실률은 거의 50% 수준이 되어버렸다.

  1998년 초 시중은행은 1년 정기예금 금리로 20%를 제시했고, 3년이면 65%를 이자를 준다고 광고했다. 심지어 1개월만 예치해도 연 18.5%의 금리를 적용해 주었다.

  이뿐만이 아니다.

  IMF에서 금융기관에 높은 BIS 자기자본비율[5]을 요구하면서 금융기관들은 저마다 자본금으로 인정받을 수 있는 후순위채권을 앞 다퉈 발행했다.

  이때 제시한 5년 수익률이 무려 100%였다. 이러니 현금을 가진 사람들이 축배를 들었던 것이다.

  2016년 현재에도 부동산과 주가는 폭락했고, 은행의 예금 금리는 왕창 올랐다. IMF 때에는 그나마 현금을 가진 사람들이라도 있었지만 현재는 그마저 드물다.

  외국 금융기관에, 또는 차명계좌에 감춰두었던 돈 대부분이 증발한 결과이다.

  내놓고 분통을 터뜨리며 수사 의뢰를 하는 자들도 있지만 대부분 어찌된 영문인지 눈치만 보는 중이다.

  불법자금이라 드러낼 수 없는 때문이다.

  어쨌거나 부동산 가격은 더 떨어지게 될 것이다.

  ---

  5) BIS 자기자본비율 : BIS(국제결제은행)가 정한 은행의 위험자산(부실채권) 대비 자기자본비율. 최소 8%

테헤란로, 경리단길, 가로수길, 서촌, 홍대 인근, 신촌, 종로, 상수동, 삼청동 등의 건물 약 70%가 매물로 나와 있다.

약 40% 정도 하락한 가격이지만 문의조차 없다. 이처럼 매물이 넘쳐나니 가격 하락은 당분간 지속될 것이다.

"현재 Y—빌딩 설계를 변경하고 있어요. 그걸 넣으면 허가가 날 거예요."

"저도 그렇게 생각해요."

지윤도 돌아가는 상황 정도는 충분히 짐작할 만한 소양이 있기에 현수가 한 말의 의미를 알아듣는 모양이다.

"그거 건축 허가가 떨어지면 천지건설에서 견적내야 하는 거 잊지 않았죠?"

"그럼요! 견적실 전 직원이 스탠바이 상태예요."

실제로 신형섭 사장은 상당한 기대를 하고 있다.

건축비를 평당 500만 원 정도로 잡으면 4조 7,050억 원짜리 공사이다. 국내 공사이고, 교통이 편한 곳인지라 수익이 짭짤할 것이다.

지윤은 아직 모르지만 현수는 천지건설의 전무이사이다.

이 사실을 알고 있는 사람은 이연서 회장과 신형섭 사장 그리고 조인경 과장뿐이다. 박준태 전무조차 알지 못한다.

아제르바이잔 건이 확정될 때까지 그렇게 해달라고 현수가 먼저 이야기했기 때문이다.

현수의 연봉은 120억 원으로 책정되었고, 70세까지 정년이 보장되어 있다. 현재 서른한 살이니 40년간이다.

어쨌거나 전무이사인 사람이 다른 건설사에 자기 건물을 지어달라고 할 수는 없다.

신형섭 사장은 수주 경쟁을 벌이는 상대가 없지만 누가 봐도 고개를 끄덕일 견적을 내라고 지시할 예정이다.

적절한 이윤을 붙여서 합당한 가격을 제시하면 네고 없이 그대로 수용해줄 것이기 때문이다.

그렇기에 느긋하게 도면 검토만 하는 중이다. 곧 건축심의에 들어갈 새 도면이다.

한창호 건축사가 그러했듯 시공팀 직원들도 고개를 갸웃거릴 때가 많다. 이게 뭔가 싶은 것들이 너무 많기 때문이다.

하여 시방서를 뒤져보면 어떻게 시공할 것인지에 대한 상세한 설명과 주석이 붙어 있다.

마치 그럴 줄 알았다는 듯 매번 그러하다.

그걸 보면 시공할 수는 있을 것 같다. 그런데 왜 그렇게 해야 하는지는 모른다.

Chapter 04
—
몸 로비를 한다고?

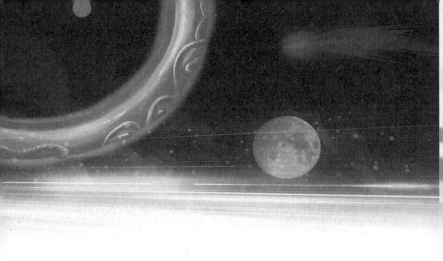

　"그건 그렇고, 지금까지 애 많이 쓴 김 차장님에게 또 번거로운 걸 부탁해야 할 거 같아요."

　"뭐죠? 말씀만 하세요."

　지윤은 뭐든 할 자세가 되어 있다는 듯 눈빛을 반짝인다.

　"Y-파이낸스 알죠?"

　"그럼요! 저번에 Y-그룹 임직원들 상견례 할 때 말씀하셨잖아요. '서민을 위한 금융', '행복을 돕는 대출' 말이에요."

　방금 언급된 건 Y-파이낸스의 캐치프레이즈[6]이다.

---

6) 캐치프레이즈(catchphrase) : 사람들의 주의를 끌기 위해 사용되는 문구 및 문장. 상품광고에서 상품의 인상을 결정하는 중요 요인으로 다뤄지고 있다. 유사어 : 슬로건(slogan), 구호, 표어

4월 28일에 딱 한 번 말했을 뿐인데 용케도 기억하고 있는 듯하다. 확실히 공부 잘한 머리인 듯 싶다.

그날 김지윤은 Y-그룹 사람들이 부럽다는 생각을 했다.

임직원이 되기만 하면 주거 걱정을 할 필요가 없다는 것이 부러운 것이 아니다.

결혼하기엔 다소 이른 나이이지만 지윤은 하루라도 빨리 집을 떠나고 싶어 한다.

부모와 트러블이 있어서 그런 게 아니다.

천지건설에 입사하기 직전까지 지윤의 부모는 오로지 딸만 바라보고 사는 사람들처럼 모든 배려를 아끼지 않는 희생적인 삶을 살았다.

학교 다닐 때에는 공부 잘하는 딸을 위해 매일 집과 학교, 그리고 학원까지 태우러 다녔다.

조금이라도 더 쉬라는 의도였다.

엄마는 잘 가르친다고 소문난 학원을 수소문하러 다녔고, 아빠는 비싼 학원비를 버느라 늦게 퇴근하곤 했다.

이제 취업을 했으니 둘만의 오붓한 시간을 가지길 바랐는데 자신을 신경 쓰느라 여전히 희생적인 삶을 살고 있다.

본인이 독립하면 자연스레 사라질 일이다. 그렇기에 분가를 생각하고 있는 것이다.

회사로부터 받은 돈 중 일부는 아빠 사업에 투입되었다.

그 결과 빠듯한 긴축재정으로 간신히 명맥을 유지하던 회사에 여유가 생겼다. 금융권 채무는 모두 상환되었고, 계좌에는 적지 않은 금액이 잔고로 남아있다.

아빠는 이젠 거래처에 결재해줄 돈이나 직원들 급여 때문에 근심 걱정 하지 않아도 된다며 몹시 즐거워하셨다.

이럴 때 둘만의 여행을 다니는 등 인생을 즐기길 바란다.

그러려면 자신이 집에 있어선 안 된다. 늘 신경 쓰이게 하는 존재이기 때문이다.

따라서 독립만이 방법이다. 은행에 예치되어 있는 돈으로 집을 사서 나갈 수도 있지만 망설이고 있다.

밥은 물론이고 반찬도 해본 적이 없다. 계란 프라이와 라면만 간신히 끓이는 정도이다.

세탁기를 가동시켜 빨래를 해본 적도 없다. 마른 빨래를 개거나 옷장 속 정리도 안 해봤다.

공부만 했을 뿐 살림에 대해 아는 것이 하나도 없는 것이다. 그러니 독립하겠다는 결심을 하지 못하는 것이다.

지윤은 회사에서의 본인 위치 때문에도 고민이다.

분명히 명예퇴직대상자였었는데 느닷없이 벼락 승진을 하여 꿈도 못 꾸었던 차장이 되었다.

부러워하는 사람이 대다수이지만 예전에 상사로 모시던 이들은 껄끄러워하거나 부담스러워한다.

재벌가의 자손이었다면 이렇지 않았을 것이다. 의례히 그러려니 하면서 받아들일 것이었기 때문이다.

지윤은 낙하산이 아니라 정규직 신입 공채를 통해 입사하였다. 계열사에 퍼져 있는 입사 동기는 약 200명이다.

이들과 더불어 신입사원 연수를 받았고, OJT교육도 받았기에 다이아수저가 아니라는 걸 대부분 알고 있다.

동기들처럼 평범하게 근무했었는데 어느 날 갑자기 신데렐라가 되어버렸다.

더 이상 쫓겨날 걱정을 하지 않게 되어 몹시 좋다.

아울러 두 계급 승차와 더불어 돈도 왕창 생겨난 건 더욱 좋다. 그런데 사람들 시선이 요상해졌다.

시기와 질투에 사로잡힌 몇몇 여직원들 사이에선 지윤이 남아공 사람 하인스 킴에게 몸 로비를 하고 있다는 유언비어가 나돌고 있다.

천지건설엔 하인스 킴이 누구인지를 확실하게 알고 있는 사람의 숫자가 그리 많지 않다.

그렇기에 '아프리카계 흑인' 이라는 말도 나돈다. 국적이 남아프리카공화국이라니 그러는 모양이다.

그런 흑인에게 얼마나 많은 몸 로비를 했으면 유니콘 아일랜드를 일괄 분양 했겠느냐고 수군거리는 것이다.

이는 입사 동기들의 전언이 있었기에 알게 된 사실이다.

차장이 되어 높은 분들의 시선을 받고 있으니 자신들의 승진을 이끌어달라는 뜻에서 주는 조언이라면서 몸가짐을 각별히 주의해 달라는 부탁도 했다.

돌려서 말했지만 결론은 '더 이상 흑인에게 가랑이 벌리지 말라'는 뜻이다. 그럴 수 없다면 '남들이 눈치 채지 못하도록 은밀히 하라'는 의미였을 것이다.

너무도 어이없는 말이었기에 지윤은 한 귀로 듣고 다른 한 귀로 흘려버렸다.

이런 소문의 일각엔 조인경 과장도 끼어 있다.

천지건설을 대표하는 미녀인 건 인정하지만 그녀 역시 아프리카계 흑인과 잠자리를 했기에 양평 땅을 매각할 수 있었다는 유언비어가 나도는 중이다.

2016년 천지건설 총각들의 인기투표 결과 1위는 조인경이다. 득표율 42.3%였다.

전체 임직원 5,864명 중 투표에 참여한 인원은 1,089명이다. 총각들만 투표에 참여할 수 있기 때문이다.

이중 조인경을 찍은 인원은 461명이다.

리즈 시절의 한가인처럼 단아하고, 지적이며, 세련되고, 청순한 인상이 어필된 결과이다.

아슬아슬하게 2위를 한 김지윤은 460명의 지지를 얻어 득표율 42.2%을 마크했다.

딱 1표 차이로 아슬아슬하게 2위를 했는데 건강한 섹시함이 크게 어필된 결과이다.

1,089명 중 1명은 0.09%에 해당된다. 정말 백짓장 한 장 차

이 정도일 뿐이라는 뜻이다.

이에 홍보부에선 조인경과 김지윤을 2016년 천지건설 공동 모델로 선정되었음을 공고하였다.

인기투표 결과도 동시에 발표되었기에 이견은 없었다.

어쨌거나 둘에겐 같은 금액의 개런티가 지급되었다. 얼마를 받았는지는 본인들만 알 일이다.

김지윤은 아파트와 상가분양 CF에 출연했고, 조인경은 천지건설 이미지 광고를 찍은 바 있다.

그런데 둘 다 아프리카 흑인에게 몸 로비를 해서 승진한 것으로 소문이 나버렸다.

그러고 보니 그런 오해를 받을 만하다.

김지윤의 현재 보직은 개발사업부 차장이지만 실제론 Y-그룹 대표이사의 수행비서 및 운전기사로 배치되었다.

하루 종일 붙어 있으라는 뜻이다.

다른 부서에서는 전혀 알 수 없는 일이지만 적어도 개발사업부 소속은 모두가 알고 있었다. 책상은 있지만 출퇴근을 하지 않으니 이영서 부장이 알려준 것이다.

유니콘 아일랜드가 분양된 후 개발사업부 소속에겐 각각 2억 4,187만 5,000원씩 지급되었다.

양평 땅 매각의 결과 대표이사 비서실 소속에겐 1인당 1억 1,975만 원이 지급된 바 있다.

얼마 지나지 않아 개발사업부 김일중 대리와 대표이사 비서실 최소영 사원이 사귀게 되었다.

4월에 시작된 이 만남은 7월이 되기도 전에 깨져 버렸다.

어느 한쪽이 일방적인 희생과 배려만 요구했기 때문이다.

뿐만 아니라, 별별 기념일을 만들어 끊임없이 고가(高價)의 선물을 요구했으니 당연한 일이다.

그래도 석 달 가까이 만났고, 많은 대화가 오갔다.

이때 지윤이 하인스 킴의 수행비서 겸 운전기사가 되어 하루 종일 붙어 있다는 사실이 전파되기 시작했던 것이다.

하여 김지윤과 조인경을 천지건설 모델로 내세우는 것은 스스로 회사 얼굴에 먹칠을 하는 것이라는 투서도 있었다.

참으로 웃기는 일이다.

김지윤이 Y-그룹 임직원들을 부러워한 건 너무도 자유스런 분위기 때문이다. 천지건설은 반쯤 군대 같은 때가 있다.

상명하복을 너무도 당연시 하는 상사들 때문이다.

신입사원 시절엔 하루 종일 가만히 있던 상사가 퇴근 시간쯤에 던져주는 업무지시 때문에 야근을 밥 먹듯 했다.

다음 날, 지시했던 일을 보고하면 수고했다는 말 한마디 없이 너무도 당연한 표정을 지으며 이렇게 말했다.

"우리가 신입일 땐 말이지. 일주일에 한 번 퇴근했어. 무슨 말인지 알지?"

이런 걸 위로랍시고 막말을 내뱉던 상사 중 상당수는 회사를 떠났다. 신형섭 사장이 대표이사가 된 이후의 일이다.

어찌되었건 지윤은 Y—그룹 임직원들을 부러워하고 있다.

"추가로 부탁드릴 일은 Y—파이낸스 지점이 들어설 부동산을 매입해 주는 거예요."

"……!"

지윤은 아무런 대꾸도 하지 않았다. 지시가 내려졌으니 따라야 하지만 내키지 않았기 때문이다.

부동산을 매입하려면 현재의 주인을 만나야 한다.

세상에 쉬운 일이 없다지만 그중 가장 힘든 건 '사람을 상대하는 일'이다.

신수동 사업부지를 매입하는 동안 정말 별의별 놈을 다 만났다. 온갖 갑질을 다 당했던 것이다.

뿐만이 아니다. 손목을 잡으려던 놈도 있었다. 한 번만 옷을 벗어주면 즉시 매각하겠다는 짐승 같은 것들도 있었다.

그런 일을 또 하려니 끔찍하다는 생각을 하였기에 대꾸하지 않은 것이다.

어쨌거나 지윤은 상견례 때 Y—파이낸스 지점이 어떻게 운영될지를 들은 바 있다.

그대로라면 100군데의 부동산을 매입해야 한다.

최하 확보면적은 한 군데당 200평이다.

입맛에 딱 맞는 크기가 없다면 2~3필지, 심하면 4필지 이상을 매입해야 할 수도 있다.

주인이 많게는 4명 이상일 수도 있다는 뜻이다.

100군데이니 모르긴 몰라도 최하 200명은 만나서 협상을 벌여야 한다.

준주거지역에 위치한 것이니 일반주택보다는 상가건물일 확률이 매우 높다.

돈 있는 놈들이 더 더럽게 논다는 걸 알기에 웬만하면 나서고 싶지 않다.

게다가 세입자나 상가 입주자들이 있을 수도 있다. 생존이 달린 문제라며 악착같이 뜯어내려는 경우도 있을 것이다.

일반주택을 매입하는 것과는 양상이 다를 게 뻔하다. 진짜 내키지 않는다. 하지만 어쩌겠는가!

현수가 원하니 도와주긴 해야 할 것이다. 자신을 나락에서 완전히 건져 올려준 은인이기 때문이다.

현수는 이런 심사를 모르기에 말을 이어갔다.

"들어서 알겠지만 준주거지역이어야 하고, 각각 200평 정도의 규모를 가져야 해요."

"……!"

"서울시와 약속한 바가 있으니 최대한 빨리 매입해야 합니다. 안 그러면……."

"알고 있어요."

지윤은 현수의 말을 끊어먹었다.

"준주거지역이어야 하고, 접근성이 용이한 곳으로 최대한 빨리, 그리고 각각 200평 이상 매입해야 하죠?"

"마, 맞아요."

"지시대로 할게요. 혹시 미리 점찍어놓은 데가 있으면 말씀해 주세요."

어차피 해야 할 일이라 생각한 것이다.

현수는 얼떨결에 미리 프린트해 둔 매입대상 부동산에 관한 정보를 넘겼다.

이 서류는 도로시가 조사한 것이다.

부동산 실소유자의 주소, 성명, 연락처뿐만 아니라 세입자 및 상가 임대자의 성명과 연락처도 있다.

아울러 각각의 재정 상태가 모두 기록되어 있다.

건물을 담보 잡혀 어느 금융기관에서 얼마를 대출받았으며, 현재 잔액은 얼마인지, 연체 상황은 어떤지도 있다.

그리고 부동산 매입 상한가도 있다. 현재의 시세도 당연히 나와 있다.

그런데 그 금액이 들쭉날쭉하다. 동네가 다르니 그럴 수도 있다지만 차이가 큰 경우도 있다.

"비슷한 상권이고 같은 200평인데 가격차가 꽤 크네요."

*   *   *

"그건……."

현수가 대답하려 할 때 도로시가 귀띔을 한다.

'부동산 주인의 성향 때문이에요. 세입자들에게 선하게 했던 사람의 상한가는 후하고, 악랄하게 쥐어짜던 것들은 박하게 책정했어요.'

'그런다고 그 가격에 팔까? 악랄하게 했던 놈들이라며.'

'제가 누구예요. 그 가격에 팔지 않으면 안 될 상황에 있는 것들만 골라놓았어요.'

말은 이렇게 했지만 팔지 않을 수 없게 했다는 뜻이다. 아마도 은행의 대출 연장을 막는 등의 조치일 것이다.

굳이 이런 이야기까지 할 필요는 없을 것이다.

현수는 지윤에게 시선을 주며 입을 열었다.

"잘 살펴보면 알겠지만 면밀한 사전조사를 한 거예요. 그 가격에 팔지 않겠다고 하면 다른 걸 알아볼게요."

널린 게 매물이고 나날이 가치가 하락하고 있다는 걸 알기에 이렇게 말했지만 지윤은 달리 받아들였다.

만나서 가격을 절충해 보되 상한가를 제시해도 안 팔겠다고 하면 접으면 된다고 생각한 것이다.

그렇다 하여 무성의한 자세로 건물주들을 대할 생각은 없다. 현수의 일이기 때문이다.

김지윤은 두툼한 서류를 보며 입을 연다.

"상당히 많이 조사하셨네요."

각각의 파일엔 건물주의 성향까지 일목요연하게 명기되어 있다. 아울러 그들의 핫 버튼(Hot Button)[7] 도 있다.

얼마나 면밀한 조사였는지 확실히 알 수 있는 대목이다.

"그 정도면 괜찮겠죠?"

"그럼요! 이건 뭐 거의 다 된 거나 마찬가지네요. 근데 세입 자들이 문제네요."

"현재 입주해 있는 사람이 영세사업자라면 재건축 후 상가를 임대해 주겠다고 하세요."

"……!"

"재입주를 하게 되면 간판도 새로 만들어서 달아준다고 하고요. 거기 뒤에 보면 임대료 기준이 있을 거예요."

현수의 말이 떨어지기 무섭게 제일 뒷 페이지를 펼쳐보았다. 다음과 같은 내용이 기록되어 있었다.

임대면적 30평 기준 (층당 4개 점포 가능) VAT 포함	지상1층	지상2층
보 증 금	1,200만 원	1,000만 원
월임대료	120만 원	100만 원
월관리비	6만 원	6만 원
계약기간	5년 (추가로 5년 연장 가능)	
특기사항	보증금 및 임대료 인상 없음	

---

7) 핫 버튼 : 마음을 움직이게 하는 결정적인 '무언가'

"에? 이렇게 하면 건물 관리는 어떻게……?"

1층과 2층을 합쳐 8개 점포가 입주하는 것으로 예상하고 있다. 이들의 관리비 합계는 48만 원이다.

여기에서 부가가치세를 빼면 겨우 43만 6,363원이다. 관리인을 고용할 수 없는 금액이다.

지윤은 이것 가지고 되겠느냐는 표정이다.

"거기 입주할 사람들 모두 영세자영업자들이잖아요."

"네? 그거하고 관리비가 무슨 상관이 있다는……?"

지윤의 말은 중간에 잘렸다.

"Y—파이낸스 등 Y—그룹 계열사들이 조금 더 내면 되요. 임대료 받는 것도 있고요."

"……?"

지윤의 시선이 현수와 마주친다.

준주거지역의 상가치고 보증금과 임대료 및 관리비가 너무 저렴하다. 영세자영업자들을 배려하겠다는 뜻이 확실하게 느껴졌다.

이 정도면 몇 개월간 점포를 비우는 것에 기꺼이 찬성할 것이다. 그 사이에 낡은 건물과 시설은 몽땅 새것으로 바뀐다. 간판도 달아준다고 하니 몇 달 쉬어도 될 것이다.

임대료 및 보증금이 대폭 하락하게 되고, 적어도 10년간 마음 편히 장사할 수 있게 된다.

따라서 현재의 점포 운영자들은 큰 불만이 없을 것이다. 이제 남은 건 그곳의 점원이거나 알바인 사람들이다.

"건물이 지어지는 동안 Y—파이낸스 및 Y—어패럴의 직원을 뽑아야 해요."

지윤은 고개를 끄덕였다. 당연한 말씀인 까닭이다.

"Y—어패럴은 박근홍 사장님이 뽑으니 괜찮지만 Y—파이낸스는 아직 관리자 선정이 안 되어 있어요."

알고 있는 사실이기에 지윤은 또 고개를 끄덕였다.

"그래서 말인데 김 차장님이 직원모집을 하는 데 도움을 줬으면 해요."

"네! 말씀하세요."

현수의 수행비서 임무가 주어졌으니 당연히 해야 할 일이다. 하여 다이어리를 펼쳐들고 다음 말을 기다렸다.

"각 점포당 지점장 1명, 대출 상담 4명, 서무 2명, 그리고 경비원 1명이 필요해요."

"네에."

지윤은 고개를 끄덕이면서도 부지런히 받아 적었다.

"지원 자격은요?"

"고졸 이상이면 됩니다. 그리고 이거……."

현수가 건넨 건 Y—파이낸스 모집공고 안내문이다.

창설사원 모집

《 서민을 위한 금융! 행복을 돕는 대출! 》

대출전문 Y—파이낸스에서 서울특별시에 100개 점포를 개설하면서 다음과 같이 창설사원을 모집합니다.

	인 원	직급	연봉 (₩)
지점장	100명	과장 or 차장	7,800~9,000만
서무직	200명	주임 or 대리	6,000~6,600만
경비직	100명	주임 or 대리	6,000~6,600만
상담직	400명	사원	5,400만

* 직급별 지원 자격 요건 *
지점장 : 금융업무 경력 5년 이상인 자
서무직 : 금융업무 경력 2년 이상인 자
상담직 : 고졸 이상인 자
경비직 : 고졸 이상 신체 건강한 자

* 전형 절차 *
1차 : 지원 서류 접수
2차 : 서류전형 합격자 발표
3차 : 면접

4차 : 최종합격자 발표

5차 : OJT 교육 및 사원 연수

― 입사지원 서류는 www.y—finance.com에서 무상으로 다운로드 받으실 수 있으며, 온라인으로만 접수받습니다.

― 당사는 국내영업만 하므로 영어를 비롯한 외국어 실력을 요구하지 않습니다.

― 고졸 이상이면 모두 동등자격으로 인정합니다. 전문학사, 학사, 석사, 박사학위가 있어도 우대하지 않습니다.

― 성별 구분 없이 예비군을 우대합니다.

― 봉사활동을 오래하신 분은 우대합니다. 다만, 종교단체에서의 봉사활동은 제외됩니다.

― 입사지원서 기재사항은 양심에 따라 채워주십시오. 거짓이 있을 경우엔 합격하더라도 취소됩니다.

많은 지원 바랍니다. 감사합니다.

"흐음! 이거 방구석 폐인들이 환호할 조건이군요."

"그렇죠? 한국은 현재 지나친 경쟁 사회에 돌입된 상태예요. 경쟁력이 없으면 도태되고, 다시는 기회를 주지 않는 잔인한 사회지요."

"맞아요."

"맹수들의 세계도 이 정도는 아니라고 봐요."

"네, 저도 그렇게 생각해요."

지윤은 천지건설에 입사하기 위해 열심히 노력했던 예전을 떠올렸다. 마치 고시라도 치르는 듯 미친 듯이 공부했는데 돌이켜 보니 별 쓸모도 없는 공부였다.

공채 시험에 합격하기 위한 공부, 이력서에 한 줄 더 써서 넣는 것 그 이상도, 그 이하도 아니었다.

서울대학교를 우수한 성적으로 졸업한 것도 이력서를 장식하는 것 이상이 아니었다.

아울러 토익과 토플 모두 만점을 받았지만 입사 후엔 영어를 쓸 일이 거의 없었다.

지윤은 고3 시절에 미국으로 유학 갈 생각으로 SAT1과 SAT2를 응시한 바 있다. 그곳에 사는 이모가 오기만 하면 먹고 자는 문제를 해결해준다 했었기 때문이다.

어쨌거나 시험결과는 전 과목 만점이었다. 근데 그것도 이력서에 한 줄 더 써 넣는 스펙일 뿐이었다.

생각해 보니 경쟁이 너무 치열하다.

중학생 땐 외고나 과학고를 들어가기 위한 경쟁을 했고, 고등학생 땐 남들이 부러워하는 대학으로 진학하기 위해 침식을 잃은 채 책상 앞에 붙어 있어야 했다.

대학 1~2학년 때 잠시 숨통이 트였지만 3학년 이후부턴 취업을 위한 스펙 쌓기에 몰두했었다.

그러는 동안 곁에 있던 학우들이 모두 떨어져 나갔다.

취업이란 각개전투를 하다 보니 곁이나 뒤를 돌아볼 여유가 없었기 때문이다.

가끔 동창회를 한다고 연락은 온다. 전화가 오면 반갑게 받아는 주지만 나가진 않았다.

고등학교 졸업 후 곧바로 서울대학교에 입학했고, 대학 졸업 후에도 곧바로 천지건설에 취업했기에 친구들에게 상대적 박탈감을 줄 수 있기 때문이다.

무심한 척하고 있지만 들리는 소문이 있기에 친구들의 상황을 대충은 알고 있다.

열심히 공부했지만 시험 운이 없어서 일류대학에 진학하지 못한 친구는 대학은 졸업했지만 PC방에서 중학생들에게 라면을 끓여다 바치는 생활을 하고 있다.

지방 전문대를 나온 친구는 백화점 매장에서 일하고 있다.

명품관에서 일하고 있다는데 대우가 좋지 않아 조만간 그만두려 한다는 말을 들었다.

비싼 물건을 팔지만 급여가 너무 적어서이다. 그런데 거길 그만두면 마땅히 갈 곳이 없어 망설이는 중이다.

실업자가 널린 세상이라 어디든 경쟁이 너무 치열하기 때문이다. 그래서 페이가 점점 더 짜진다고 투덜거린다.

'너 아니더라도 할 사람은 많다' 는 말을 들을 때마다 짜증이 나지만 어쩌겠는가!

가난한 살림이었는데 본인의 전문대 등록금을 대주느라 부모의 허리가 휘었다. 졸업을 했으니 조금이라도 보탬이 되려면 힘들어도 매일 출근해야 한다.

이 친구가 바로 비리 판사 최민규의 아내 정수지에게 따귀를 맞고, 무릎까지 꿇어야 했던 점원이다.

현수는 고개를 끄덕이는 지윤을 보았다.

서울대를 졸업한 재원이고, 이미 취업에 성공했으며, 초고속 승진까지 했는데 남들의 어려움을 알까 싶었던 것이다.

"지금의 실업자들은 상대적인 경쟁력을 잃은 상태일 뿐 무능력한 건 아니니 그들을 뽑아서 쓸까 해요."

"정말 고마우신 생각이네요."

지윤은 새삼스럽단 시선으로 현수를 바라보았다.

생긴 것과 말하는 건 분명 한국인이지만 단 한 번도 한국 국적을 가져보지 않은 순수 외국인이 분명하다.

그것도 한국에선 만나보기 어려운 남아프리카공화국 국적을 가진 사람이다. 신수동 사업부지를 매입하는 동안 여러 서류를 접했기에 확실하게 인지하고 있는 사실이다.

그런 외국인이 한국의 젊은이들이 어떤 사정인지 훤히 꿰뚫고 있으며 그들을 배려하고 있다.

"사원 모집공고 내용은 어때요? 그만하면 괜찮은가요?"

"조금 애매하기도 하고 분란의 소지도 있을 거 같아요."

지윤은 약간 걱정스럽다는 표정이다.

"뭐죠?"

"우선은 요즘 군가산점에 발끈하는 여성들이 많아서요."

뭔 소린지 어찌 모르겠는가! 바야흐로 페미니스트들이 득세하려는 세상이다.

"김 차장님 생각은 어떤데요?"

"저는 찬성이에요. 대부분 어쩔 수 없이 가는 곳이 군대잖아요. 월급도 짜구요. 그러니 그만한 보상이 있어야 해요."

2016년 현재 사병들의 급여는 다음과 같다.

계급	2015년도	2016년도
이병	129,300원	148,700원
일병	139,900원	160,900원
상병	154,700원	177,900원
병장	171,400원	197,100원

참고로, 2016년의 최저임금은 시간당 6,030원이다.

편의점에서 주당 6일, 하루 8시간씩 근무를 한다면 141만 8,256원을 받을 수 있다. 주휴수당이 포함된 금액이다.

이는 병장 월급의 7.2배 정도 된다.

인생에서 가장 찬란한 시기인 20대 초반에 학업이나 경력을 뒤로 하고 국가의 안위를 위해 2년이나 군대에 묶여 있었다면 우대해주는 것은 당연한 일이다.

같은 시기에 병역의무가 없는 여성들은 공무원이나 교사 등이 되기 위한 공부를 하며 실력을 키울 수 있기 때문이다.

교사의 성비를 보면 그 결과가 확실하게 드러난다.

다음은 '학교 알리미'가 2015년에 조사한 전국 17개 시도 별 초등학교 교원 성비 자료 중 일부이다.

지역	남자교원비율(%)	여자교원비율(%)
서울시	13.9	86.1
부산시	19.0	81.0
대구시	17.7	82.3
대전시	12.5	87.5

결과에 나타나듯 초등학교 교사 10명 중 8명은 여성이다.

더 깊이 들어가 보면 교장, 교감과 수석, 보직교사 등을 제 외한 일반 정교사의 92.3%가 여성이다.

남성 비율이 적은 이유는 군대 때문이 전부는 아니지만 상 당 부분을 차지할 것이다. 그래서 병역의 의무를 다한 자를 우대한다는 내용을 넣은 것이다.

Chapter 05

—

대신 조건이 있어요

"또 있어요?"

"네! 여기에 있는 봉사활동을 오래했으면 우대한다는 표현이 약간 애매모호해요."

"그건 회사 홈페이지에 자세히 풀어서 설명해둘 거예요."

"어떻게요?"

"군필자를 우대한다고 했죠?"

"네!"

"그건 남녀의 구분이 없어요. 요즘은 군대를 다녀오는 여성들도 많더라구요."

"아! 네에. 그렇죠."

지윤은 고개를 끄덕였다.

고등학교 동창 중 하나가 여군으로 입대하였다가 얼마 전에 제대한 친구가 있기 때문이다.

"군대 다녀온 사람만 우대한다고 하면 여성들이 문제 제기를 할 수도 있다고 생각해요. 불공평하다고요. 그쵸?"

"…네! 아마도 그럴 거예요."

"그래서 남자들이 나라를 위해 군대를 다녀오니, 여성들도 사회를 위해 노력했다면 보상을 해줘야한다고 생각해요."

"……!"

지윤은 대답 없이 고개만 끄덕였다.

"종교 단체가 아닌 곳에서 봉사한 시간이 5,840시간 이상이라면 군필자와 똑같이 우대해 줄 생각이에요."

"네? 그건 어떤 근거지요?"

화들짝 놀란 표정이다. 584시간도 아니고 5,840시간이라니 그러하다.

"2년간 하루에 8시간씩 봉사한 걸로 따진 거예요."

"네에……?"

어떤 여자가 하루에 8시간씩 꼬박 2년간 봉사를 했겠는가! 이 정도면 여성은 뽑지 않겠다는 것과 다름없다.

하여 뭐라 반론을 제기하려는데 현수가 먼저 말을 한다.

"남성들은 2년간 24시간 내내 군대에 묶여 있잖아요."

"요즘은 2년이 아니라 21개월이고, 휴가나 외출, 외박이 있지 않나요? 저는 군대를 가보지 못해서 휴가와 외출, 외박 규정을 몰라요. 토요일이나 일요일에 영내에서 무엇을 하는지도 모르고요."

"그러시겠죠!"

현수가 고개를 끄덕이며 동의한다는 표정을 지었지만 속내는 달랐다.

군대에 대해 모르긴 왜 모르겠는가!

아주 오래 전에 현역으로 입대한 바 있다.

그리고 훈련 빡세기로 소문난 27사단 이기자 부대 수색대에 배치되어 있었다. 그런데 사격을 너무 잘했다.

백발백중이 아니라 100발 101중이었다.

하여 저격수 교육을 받았고, 국방과학연구소 소화기 개발 연구팀에서 복무하다가 만기 전역을 했다. 따라서 휴가, 외출, 외박, 위수지역 등에 대해 잘 기억하고 있다.

그럼에도 현재는 외국인 신분이라 모르는 척한 것이다.

"저만 그런 게 아니라 다른 여성들도 그럴 거예요. 그러니 그들이 받아들일 만큼 완화하시기를 권해요."

듣고 보니 일리가 있다. 현수는 재빨리 암산을 해보았다.

21개월은 1.75년에 해당되고, 날짜로는 638일이다.

2016년을 기준으로 보면 공휴일과 주말을 합한 날이 119일이다. 이것의 1.75배는 208일이다.

634일에서 208일을 뺀 나머지는 430일이다. 이중 30일을 휴가 등으로 사용한다면 400일이 된다.

군인은 아침 6시 30분에 기상하며, 밤 10시에 취침한다. 하루에 15.5시간 동안 군인으로서 살아가고 있는 것이다.

따라서 400일간 하루 15.5시간이면 총 6,200시간이다. 중간 중간 요령을 잘 피우면 자유시간도 가질 수 있을 것이다.

이를 감안하여 10시간으로 잡아도 4,000시간이나 된다.

1년에 2회 정도 대대전술훈련급 이상의 야외훈련이 있을 때엔 주말에도 훈련을 받고, 자다가 일어나서 보초를 서야 하니 실제론 이보다 훨씬 많이 근무한다.

재빨리 계산을 끝낸 현수가 입을 열었다.

"그럼 4,000시간 정도면 되겠지요?"

하루에 8시간씩 봉사를 했다면 500일이 걸릴 시간이다. 하지만 5,840시간에 비하면 68.5%에 불과하다.

머리 좋은 지윤이 어찌 모르겠는가!

현수가 엄청 깎아주었다는 걸 알기에 얼른 고개를 끄덕였지만 속내는 편하지 않았다.

'쳇! 나는 지원하나마나 떨어지겠네.'

지금껏 금융업무를 맡아본 적이 없고, 봉사활동 시간은 다 합쳐도 1,000시간 남짓이다.

지윤은 대학생 때부터 지금까지 매주 주말마다 유기동물보호센터에서 봉사를 하고 있다.

털이나 발톱을 깎아주거나, 목욕시키는 일 및 아픈 동물들을 보살피는 일 등을 했다.

동물을 좋아하지만 부모 모두 알레르기가 심해서 집에서 반려견이나 반려묘를 키울 수는 없다. 하여 버림받은 개나 고양이를 돌보는 봉사를 시작했던 것이다.

지윤이 봉사활동을 하는 곳은 사설 보호소였는데 가축 분뇨법에 규정된 '가축 사육 제한구역'에 위치해 있다.

센터장이 보호소를 하고 싶어서 한 게 아니라 버림받은 동물들을 하나둘 받아들이다 보니 규모가 커진 것이다.

그리고, 혼자 힘으로는 도저히 불가능하여 자원봉사자들의 도움을 받은 것이다.

어쨌거나 누군가의 민원신청이 있었고, 행정처분대상이 되어 조만간 폐쇄를 해야 하는 상황이다.

그러면 250여 마리의 유기동물들이 갈 곳이 없다.

다른 보호소에선 받아들일 여력이 안 된다 하였고, 지자체 유기동물보호소로 보내면 안락사 대상이 될 수도 있다.

마음이 급해진 봉사자들이 십시일반(十匙一飯)으로 돈을 갹출했지만 문제를 해결하기엔 턱없이 부족했다.

마침 지윤에게 큰돈이 생겼다. 현수 덕분에 생긴 돈이다.

고심 끝에 500평쯤 되는 땅을 샀다.

남들에게 피해를 주지 않기 위해 깊은 산속으로 들어간 곳이지만 가축 사육 제한구역이 아닌 곳이다.

현재는 유기동물들이 그곳에 옮겨 가서 살 수 있도록 각종 시설을 갖추는 중이다.

이제 혹서기와 혹한기를 무사히 견뎌내게 될 것이다.

그간의 경험을 바탕으로 단열과 통풍, 그리고 환기에 각별히 신경 쓴 결과이다.

아울러 조금 더 깨끗한 환경에서 지내게 된다. 동물들을 씻기고 털을 말려줄 공간을 마련하고 있다.

악취 풍기는 배설물을 처리할 시설도 갖춰진다.

이밖에 자원봉사자를 위한 샤워실과 옷을 갈아입고 소지품을 보관할 경의실, 그리고 휴게실도 마련하는 중이다.

휴게실엔 일하다 지치거나 힘들 때 옷을 입은 채 잠깐 눈을 붙일 수 있도록 선 베드(Sun Bed) 몇 개를 들여놓는다.

당분 보충을 위한 커피믹스와 사탕 등도 갖춰놓을 것이다.

이에 센터장과 봉사자 모두 환호했다.

적지 않은 돈을 썼지만 지윤은 아깝지 않다고 생각한다.

버림받은 동물들이 더 이상 고통 받지 않게 되었으니 그것으로 족할 뿐이다.

'그러고 보니 전부 대표님 덕분이네.'

지윤은 새삼스러운 눈으로 현수를 바라보았다.

인상도 좋고, 성품도 좋다. 게다가 무지막지한 부자임이 틀림없다. 조만간 의사 면허까지 갖게 된다고 한다.

인물, 신체, 두뇌, 재력 뭐 하나 빠지는 게 없다.

본인도 어디 가서 빠지는 구석이 없다는 평가를 받지만 현수와는 비교 불가이다.

재력에서 압도적인 차이가 있다는 걸 알기에 언감생심 어떻게 해보려는 생각조차 들지 않는다.

"김 차장님 친구들 중에 취업하지 못한 사람이 있으면 10명만 추천해 줘요."

"네……? 여, 열 명이요?"

무슨 소리냐는 표정으로 바라보았다.

"그래요! 대신 조건이 있어요. 첫째, 특정 종교……."

현수는 Y─그룹에서 절대 받아들일 수 없는 조건에 대한 이야기를 해주었다. 이 이야기가 외부로 흘러나갈 경우 격렬한 반감을 가진 사람들이 생길 수도 있다.

그럼에도 김지윤에게 이야기를 해준 이유는 Y─그룹이 무엇을 지향(志向)하고, 무엇을 지양(止揚)[8] 하는지를 확실하게 알려줄 필요가 있기 때문이다.

Y─그룹에 입사하면 주거지가 제공된다.

그리고 Y─파이낸스의 경우는 아직 창설도 하지 않은 회사지만 급여는 대기업과 다를 바 없다.

다음은 한국경영자총연맹이 지난 2월에 발표한 자료이다.

대졸 이상인 34세 이하 청년층이 입사하여 1년 동안 받은 정액 급여와 정기 상여, 그리고 변동 상여를 합한 금액을 평균 낸 것이다.

---

8) 지양 : 더 높은 단계로 오르기 위하여 어떠한 것을 하지 아니함

구 분		평균연봉(₩)
대기업	정규직	4,075만
중소기업	정규직	2,532만
영세기업	정규직	2,055만
대기업	비정규직	2,189만
영세기업	비정규직	1,777만

같은 대기업이라도 정규직과 비정규직의 차이가 너무 크다. 비정규직도 못 되는 인턴사원의 급여 평균은 최저임금에도 미치지 못하는 1,464만 원에 불과했다.

지윤이 알고 있는 Y-그룹엔 비정규직이나 인턴이라는 표현이 없다. 모두가 정규직이라는 뜻이다.

Y-파이낸스의 경우 사원 연봉이 5,400만 원이다.

고졸 상담직 사원의 연봉이 대기업 대졸 정규직 사원보다 1.3배 이상 높다.

뿐만 아니라 주거까지 제공한다.

닭장 같은 원룸이나 낡은 빌라가 아니다. 최하가 전용면적 18.5평이고 100% 신축이다.

입사만 하면 마감공사에 관한한 대한민국 최고인 유니콘 아일랜드 팀 장인들의 세심한 손길로 마무리된 새집에 입주하게 되는 것이다.

보증금이나 사용료는 없다. 심지어 전기도 무상공급이다.

2개월에 한 번 납부하는 상하수도 요금만 부담하면 된다. 혼자 산다면 월 3,000원 정도가 주거비용일 것이다.

이것뿐만이 아니다.

Y—그룹은 오전 10시 출근, 오후 5시 퇴근이다. 오후 1시부터 2시까지가 점심시간이니 하루에 딱 6시간 근무이다.

점심은 회사에서 제공하며, 야근은 없다. 직장인들의 가장 큰 소망인 저녁이 있는 삶을 보장하는 것이다.

주말과 모든 공휴일은 휴무이고, 계절별 휴가까지 있다.

3~6월 춘계휴가 4일, 7~9월 하계휴가 7일, 9~11월 추계휴가 4일, 그리고 12~2월 동계휴가 7일이다.

2016년 하계휴가의 경우 주말과 추석 연휴를 끼면 9월 10일부터 25일까지 16일이나 연달아 쉴 수 있다.

휴가기간 동안 4성급 호텔을 사용했다면 숙박비의 3분의 2를 회사가 부담한다. 제주도에 소재한 유니콘 아일랜드에 머문다면 숙박비 면제이다.

기왕에 쉴 거면 편하게 즐기라는 배려이다.

아울러 장기근속 5년마다 15일의 추가휴가가 주어진다.

2016년 현재 대한민국엔 이런 회사가 단 하나도 없다.

따라서 취업을 못해 어정쩡하게 지내고 있는 친구들에게 정말 좋은 기회가 될 것이다.

"정말이요? 제가 열 명이나 추천해도 되는 거예요?"

"김 차장님이 추천한다면 웬만하면 받아들일게요. 그간 애

써주신 것에 대한 보답이고, 앞으로도 내 일처럼 해달라는 뜻이에요."

"아! 감사합니다, 감사합니다."

지윤은 계속 감사의 뜻을 표했다.

하지만 현수는 얼른 고개를 돌려야 했다.

지윤이 허리를 숙일 때마다 벌어진 옷 틈으로 보여선 안 될 것들이 두 개나 보였던 때문이다.

어쨌거나 지윤은 안정된 직장을 구하지 못했던 친구들에게 연락을 한다.

*   *   *

"혜진이니? 나, 지윤이!"

"어! 그래, 지윤이 오래간만이야. 잘 지냈지?"

"그래! 너는? 얼마 전에 제대했다는 소릴 들었는데 요즘은 뭐 하고 지내?"

"나? 나는 요즘 독서실 알바해. 야간근무 중이지."

"아! 그래? 그럼 지금 잘 시간 아니?"

"이제 막 잠자리에 들려던 참이야. 근데 무슨 일 있어? 설마 결혼한다고 말하려는 건 아니지? 야! 제발 그러지 마라. 나 요즘 너무 어려워. 축의금 낼 돈 없다."

"에고~! 내 나이가 몇인데 벌써 결혼을 하냐?"

"그래? 그럼 뭔 일 있는 거야? 너, 자주 연락 안 하잖아."

서로 깨어 있는 시간이 다르니 만날 수도 없어서 가끔 문자로 메시지만 주고받고 있다.

이렇게 상대의 목소리를 듣는 건 거의 1년만이다.

"너, 내가 취직시켜 줄까 해서."

"취직……? 좋지! 어디 좋은 자리 났어?"

"그래! 그 전에 몇 가지만 묻자."

"뭔데?"

"너, 종교가 뭐냐?"

"나? 난 무교! 아무데도 안 다녀."

"좋아! 그럼 너 혹시 인터넷에 댓글 열심히 다니?"

"야! 먹고 살기도 바쁜데 무슨 인터넷에 댓글씩이나 달아? 난 알바자리 검색할 때 외엔 인터넷에 접속하지도 않아."

"좋아, 너 혹시 가족 중에 에이프릴에 걸려서 고생하는 사람 있니?"

"에이프릴? 먹고살 만한 사람들만 걸린다는 그 병? 야! 우리 아빠 공사장에서 목수일 하셔. 그런 병에 걸릴 일이 없잖아. 안 그래? 근데 그건 왜?"

"내가 소개해 주려는 회사에서 특정 종교 광신자와 말썽 많은 사이트 회원들을 꺼려 해서. 글구 에이프릴은 전염된다니까 물어본 거야. 암튼 해당사항 없으니 됐다."

"되기 뭐가 돼?"

"Y—파이낸스라고 외국계 금융회사에서 창설사원을 모집하려고 하는 중이거든. 내가 너 추천하려고."

"오! 금융회사? 괜찮은 데야?"

시큰둥한 표정으로 잠자리 준비를 하며 전화를 받던 혜진의 자세가 바로 잡힌다.

독서실 야간알바는 장래성이 없다 생각하여서 그렇지 않아도 다른 괜찮은 자리가 있나 알아보는 중이다.

"야! 내가 설마 안 괜찮은데 널 추천하겠니? 이 회사 진짜 괜찮은 데야. 무조건 정규직만 뽑고, 사원 연봉도 5,400만 원에서 시작이야."

"뭐? 얼마? 오, 오천사백? 방금한 말 리얼이야? 진짜냐구."

혜진의 음성이 대번에 커졌다.

"그래! 사원은 5,400, 주임은 6,000, 대리는 6,600, 과장은 7,800, 차장은 9,000만 원이야."

"헐! 야, 나 거기 진짜 취직시켜 줄 거야? 근데 나 최종학력이 고졸인데……?"

"괜찮아. 이 회사는 고졸 이상이면 지원 가능해."

"정말? 리얼? 정말, 정말이야? 그리고 내가 취직된다고?"

"그래! 내가 추천만 하면 그럴걸."

"니가? 니가 어떻게……?"

혜진은 다급한 표정까지 지었다. 연봉 5,400이고, 정규직이라면 목숨을 걸고서라도 들어가야 한다 생각한 것이다.

이때 지윤의 말이 이어진다.

"그야 내가 여기 대표님을 내가 잘 아니까. 참, 너 요즘 어디서 사니?"

"나? 독서실 근처에 원룸 얻었어."

"전세……?"

"야! 내가 돈이 어디 있니? 월세야."

"너, 퇴직하면서 퇴직금 많이 받지 않았어?"

"많이는 아니고 그냥 조금 받기는 했는데 그거 우리 집 대출금 갚는 데 보탰어."

"그래? 그 원룸에서 사는 데 한 달에 얼마나 드니?"

"월세는 50만 원이야. 여기에 관리비랑 전기, 수도, 가스요금까지 추가하면 한 달에 60에서 65만 원쯤 들어. 근데 왜?"

혜진이 근무하는 독서실은 5인 미만 사업장이라 야간근로에 대한 가산수당 지급의무가 없다.

그리고 주휴수당도 주지 않는다.

매일 밤 8시부터 새벽 2시까지 6시간씩 근무하는데 최저시급인 6,030원보다 170원 많은 6,200원을 받고 있다.

6,200원 × 30일 × 6시간 = 111만 6,000원이다.

여기에서 세금을 떼고, 월세 등을 지불하고 나면 40만 원도 안 남는다.

식비를 지출하고 나면 생리대 살 돈이 빠듯할 때도 있다.

간간이 있는 낮에 하는 알바가 없었다면 새 옷이나 화장품은 살 엄두조차 못 내는 삶이다.

지금은 PC방이나 편의점 알바자리를 구하고 있는데 불경기라 그런지 경쟁이 너무 심해서 구해지지 않는다.

현재의 혜진은 간신히 목구멍에 풀칠을 하고 있는 중이다. 그러니 연봉 5,400만 원이 얼마나 크게 다가오겠는가!

월 450만 원이면 지금 버는 돈의 4배가 넘는 금액이다.

"왜긴! Y—파이낸스에 입사하면 주거를 제공해. 넌 혼자 사니까 25평형에서 살게 될 거야. 전용면적 18.5평이야. 방은 2개가 있는데 붙박이장이 있어서 장롱이 필요 없어."

Y—파이낸스 빌딩의 설계도면을 봤으니 하는 말이다.

전용 18.5평인 집은 방이 두 개이고, 거실과 욕실, 주방과 펜트리가 있다.

그리고 폭이 2미터나 되는 제법 널찍한 베란다도 있다.

거실 유리창이 폴딩 도어로 설계되어 있으니 준공 후 새시를 설치하면서 확장공사를 하지 않아도 된다.

따라서 25평형이지만 실제론 32평형과 대등하다.

"냉장고와 TV, 세탁기와 전기레인지까지 다 설치되니까 몸만 들어가면 돼!"

"…야! 김지윤, 너 지금 나한테 뭘 하려고 뻥을 치냐?"

혜진의 음성이 대번에 커졌다.

"뻥이라고? 아니, 뻥이 아니야!"

"아니긴! 요즘 그런 회사가 어디에 있냐? 너 천지건설 다닌다고 들었는데 혹시 피라미드 같은 데로 빠진 거야?"

이번 음성엔 걱정이 묻어 있다.

세상물정 모르던 모범생이 누군가의 꾐에 빠져 얼토당토않은 길로 접어든 건 아닌가 해서이다.

"에고, 아니라니까."

"야! 김지윤, 정신 차려라. 요즘 누가……."

혜진의 말은 중간에 잘렸다.

"진짜 뻥 아니야! Y—파이낸스 지점에서 근무하면 그 위에 있는 25평형 주거지를 제공해."

이번엔 지윤의 음성이 커졌다. 믿지 않으니 자연스레 목청을 돋운 때문이다. 그리곤 곧바로 말을 이었다.

"야! 내가 오랜만에 전화해서 너를 속일 일이 뭐가 있겠어? 안 그래? 안 그러냐구."

"그, 그래! 그건 그렇지."

혜진이 생각할 때 지윤은 반듯 그 자체이다.

큰 부자는 아니지만 그렇다고 가난한 집 딸도 아니다.

소위 말하는 중산층으로 기억하는데 공부를 아주 잘해서 늘 전교 1등을 하던 모범생이었다.

얼굴도 예쁘고, 몸매도 좋았지만 잘난 척하지 않았다.

성품도 모난 것 없이 둥글둥글해서 가난한 집, 공부 못하는 애들과도 격의 없이 어울렸던 것으로 기억한다.

그중 하나가 혜진 본인이니 이건 확실하다. 그래서 지윤이를 싫어하는 애들이 드물었다.

지윤이가 있어서 한 번도 전교 1등을 못 해본 최상위권 애들만 시기와 질투를 했던 것으로 기억한다.

성적뿐만 아니라 미모와 몸매, 그리고 성품으로도 능가할 수 없어서였을 것이다.

"거기 입주하면 월세나 보증금은 당연히 없고, 관리비와 전기요금도 안 내. 상하수도요금만 부담하면 돼."

"지, 진짜? 진짜로 그런데 취직시켜 줄 수 있는 거야?"

"그래! 내가 추천하면 취직이 될 거야."

"야! 김지윤, 나 요즘 힘들게 산다. 나 좀 꼭 추천해 줘."

"그래! 그러려고 전화한 거야. 너 나한테 문자나 카톡으로 니 이력서 보내."

"그래! 당장 보낼게."

졸려서 잠자리에 들려던 혜진은 데스크톱의 전원을 눌렀다. 네이버 중고나라에서 10만 원 주고 산 고물이다.

"야! 이력서 작성할 때 한 글자라도 뺑치면 잘리니까 있는 그대로 기입해야 해. 알았지?"

"내가 뺑칠게 뭐 있냐? 고등학교 졸업 후, 군대 갔다가 나와서 독서실 알바하는 게 전부인데."

"그래, 그거만 적어. 알았지?"

"그래! 지윤아, 고맙다. 내가 나중에 밥 한 번 살게."

"야! 연봉 5,400에 25평형 아파트가 무상인데 밥 한 번으로 되겠냐?"

"그, 그럼······? 나, 요즘 돈 없다."

"에고! 알았어. 6,000원짜리 밥에다 300원짜리 자판기 커피 한 잔 추가. 오키?"

"그, 그래! 고맙다 친구야~!"

"호호! 취업이 결정되려면 조금 기다려야 하니까 사고 치지 말고 잘 지내. 알았지?"

"어, 얼마나?"

"새로 건물을 지어야 하니까 실제 근무는 아무리 짧아도 1년 정도는 걸릴 거야."

"1년이나?"

혜진은 울상을 지었다. 독서실 야간알바를 1년이나 더 할 생각을 하니 끔직해서이다.

솔직히 자리를 지키고 앉아 있는 것 외에는 너무도 무료한 일이다. 다들 알아서 잘하기 때문이다.

문제는 귀가할 때이다. 새벽 2시에 독서실 문을 잠그고 집으러 갈 때 가끔 술에 취한 놈들이 찝쩍거린다.

느닷없이 껴안는 놈도 있고, 가까운 모텔로 가자는 개차반도 있다. 여군 출신이지만 그럴 때마다 무섭다.

혹시 안 좋은 일을 당할 수도 있다는 걸 알기 때문이다.

하여 다른 자리가 나면 얼른 그만둘 생각이었는데 1년을 더 다녀야 한다니 아득한 느낌이다.

"내가 대표님께 말씀드려 볼게. 암튼 잘 지내."

"그래. 고맙다! 너도 잘 지내."

혜진과 통화를 마친 지윤은 미숙에게 전화를 걸었다.

명품관에 있을 때 정수지로부터 느닷없는 따귀를 맞았던 친구이다. 그 일이 있고 얼마 지나지 않아 국산 화장품 매대로 배치되었다.

세어본 건 아니지만 이틀에 한 번 꼴로 진상을 만나는 매대여서 몹시 괴롭던 참이다.

미숙 역시 지윤의 전화를 반색하며 받았다. 그날 이후 미숙은 예전의 쾌활함을 되찾았다.

매일매일 진상을 만날까 두려워하던 모습도 사라졌다. 이전엔 잘릴 것을 두려워하며 전전긍긍하곤 했었다.

그런데 그렇지 않게 되었다. 점원으로서 할 도리를 다할 뿐 그 이상도, 그 이하도 하지 않았다.

필요 이상으로 굽실거리지 않자 진상의 숫자가 확연히 줄어들었다. 이틀에 하나였는데 열흘에 하나 정도가 되었다.

왜 그런가 싶어 곰곰이 생각해 보니 이전엔 너무 저자세였다. 그러니 상대가 깔보았다 싶었던 것이다.

어쨌거나 미숙도 미래를 약속받았다.

지윤은 또 다른 친구에게 전화를 걸었다. 공부를 잘했지만 집안 형편이 어려워 대학진학을 포기했던 친구이다.

"선혜야! 잘 지내지?"

"어어! 지윤이구나. 그래, 난 그저 그런데 너는?"

"나야 뭐 늘 잘 지내지."

"다행이네. 근데 뭔 일 있어?"

"너, 요즘 뭐 하며 지내니?"

"나? 난 울 동네 PC방에서 중딩들한테 라면 끓여다 바치는 삶을 살고 있지."

"이그! 너, 내가 취직시켜 주면 그거 그만둘 수 있어?"

"취직? 니가 나를⋯⋯?"

지윤이나 선혜나 똑같이 스물여덟 살이다. 누가 누구를 취직시켜 주고 말고 할 나이는 아직 아니다.

재벌사 자손이라면 충분히 그럴 수 있지만 선혜가 아는 지윤은 절대 재벌과 관계가 없다.

재벌의 계열사인 천지건설에 다닌다는 것 외에는 아무런 접점이 없다. 고2 때 짝이었고, 시험기간엔 종종 지윤네 집에서 같이 공부했으니 확실하다.

절친이었지만 졸업 후엔 다소 서먹해졌다.

지윤은 대학생활을 시작했지만 선혜는 그때부터 PC방 알바를 했다. 하나는 지상을 누비고 다녔고, 다른 하나는 지하실체 처박혀 주구장창 라면을 끓이고, 청소를 했다.

둘이 함께 할 시간이 없어지자 자연스레 연락도 뜸해졌고, 얼굴 보는 시간도 없었던 결과이다.

"그래! 내가 너 취직시켜 줄려고. 생각 있어?"

"당연히 있지. 어떤 회사인데? 뭐 이상한 데 아니지?"

"야! 넌 나를 뭘로 아냐? 나 김지윤이야. 범생이 김지윤! 근데 설마 내가 널 팔아먹기라도 하겠어?"

"그래, 그래! 니가 반듯한 범생이라는 건 인정해. 좋아! 어떤 회산데?"

"응, Y—파이낸스라고 내가 잘 아는 분이 대표인⋯⋯."

차분히 지윤의 설명을 들은 선혜가 한마디 한다.

"김지윤! 많이 타락했구나. 좋아, 날 팔아먹어라. 팔아먹어! 요즘 정말 사는 게 힘들고 지겨웠는데 잘됐다."

"뭐라고?"

지윤이 뭐라 말하려는데 선혜가 먼저 입을 연다.

"야! 기왕에 날 팔아먹으려면 최대한 비싼 값에 팔아."

"⋯⋯!"

"친구를 위해 기꺼이 희생해 줄게. 내가 뭘 하면 되는데? 몸 파는 거야? 그런 건 싫지만 니가 그러라면 그래줄게."

"야! 유선혜."

"왜?"

"넌 내가 그럴 사람이라고 생각하는 거야?"

"흐흐! 당근 아니지. 범생이인 니가 그러겠어?"

"근데 그런 말은 왜 했어? 몸을 팔다니⋯⋯."

"아! 농담이야, 농담! 내가 요즘 너무 곽곽하게 살아서 그래. 니가 이해해 주라. 근데 정말 그런 회사가 있어?"

"그래! 요것아. 내가 너 취직시켜 주려고 대표님에게 얼마나 아양 떨고 그랬는지 알기나 해?"

짐짓 해보는 새침이다.

"헐! 그럼 대표님이란 분에게 몸까지 허락한 거야?"

"뭐야? 미친……! 아양 떨었다고 했지 몸 바쳤다고 했냐?"

"그게 그거 아닌가? 근데 니가 어째서 친구들 취직을 허락해주셨대? 아, 참! 너는 예쁘지."

선혜가 깜박 잊고 있었다는 듯 말했지만 지윤이 예쁘다는 건 잘 알고 있다.

"너! 언중유골(言中有骨)인 거 알지?"

"헤헤, 눈치챘어? 암튼 고맙다 친구야. 내가 뭘 어떻게 하면 돼?"

Chapter 06
—
친구 하나 잘 둔 덕에

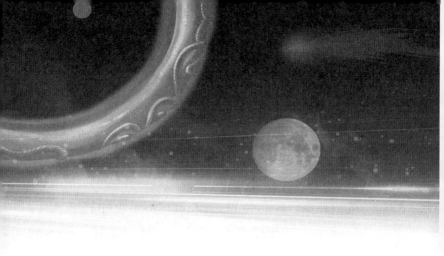

"일단 이력서 써서 이메일로 보내줘. 내 주소는……."

"니 이멜주소 알아. pigkjy@hanmail.net이잖아."

"어쭈? 피그? 야! 나 돼지 아니걸랑."

지윤은 짐짓 큰 소리를 냈다. 학창시절 다소 통통할 때 이런 놀림을 많이 받았던 때문이다.

"안다 알아! Pretty Girl Kim Ji Yoon의 이니셜 pgkjy라는 걸! 이제 어른도 됐으니 쫌 고쳐라! '프리티 걸'이 뭐냐?"

"그래? 그럼 뭐로 고치지? 프리티 레이디?"

"놀고 있네. 프리티가 뭐냐?"

"야! 너 또, 너 이러면 취직 없었던 걸로 한다."

"야야, 내 뜻은 그게 아니야. '프리티'는 어린애들한테나 쓰는 거고 넌 '뷰티풀'이 어울려."

"그런가?"

"그래 이것아! 그리고 너는 이제 '걸'이 아니고 '레이디'지. 나이가 스물여덟인데. 안 그래?"

"그래? 그럼 Beautiful Lady Kim Ji Yoon의 이니셜을 써서 blkjy@hanmail.net으로 이메일을 하나 더 만들까?"

"흐흐흐, 그래라, 그래! 과연 너답다."

선혜의 나직한 웃음소리를 듣는 순간에 지윤의 두뇌로 스치는 상념이 있다.

"야! bl은 'boy love'의 약자잖아. 너, 나를 야오이[9] 부녀자[10]로 의심받게 하려던 거지?"

"헤헤! 눈치챘냐? 암튼 프리티 걸은 좀 그래. 너 그거 초딩 때 지은 거지? 그니까 이제 다른 걸로 바꿔봐."

생각해보니 선혜와는 초등학교 동창이기도 하다.

"알았어! 좋은 거 있음 하나 추천해 봐."

"니가 나 취직시켜 주면 그때!"

"오냐, 알았다. 이력서나 꼭 보내라. 알았지?"

"지윤아! 근데 진짜로 고졸도 뽑는대? 고졸인데 초봉이

9) 야오이(やおい) : 주로 여성들이 창작하고 여성들이 즐기는 남성 동성애물(BL) 만화 또는 동인지.
10) 부녀자(腐女子) : 남성 동성애를 그린 소설이나 만화를 좋아하는 여성을 가리키는 단어. 부녀자(婦女子)의 부(婦)를 썩었다는 의미의 부(腐)로 바꾼 단어. '야오녀'라고도 한다.

5,400만 원이고, 정규직이라고?"

"그래! 날 믿어라 믿어! 내가 언제 허튼소리 하든?"

"그래! 고맙다. 전화 끊자마자 이력서 보내줄게."

지윤은 여군출신 강혜진과 백화점 점원 최미숙, 그리고 PC방 알바 유선혜 말고도 7명에게 더 전화를 걸었다.

현수가 10명까지 받아준다고 했기 때문이다.

다들 진짜냐고 몇 번이나 반문했다. 믿겨지지 않은 연봉이었고, 복리후생이었으니 당연한 일이다.

Y—파이낸스의 창설멤버는 지점장 100명, 서무직 200명, 상담직 400명, 경비직 100명으로 총원 800명이다.

결론부터 말하자면 창설멤버의 성비는 98 : 2이다.

총원의 2%인 16명만 여성이고, 나머지 784명은 모두 남성이다. 지원자 중 여군 출신이 드물었고, 봉사활동 경력이 있는 여성은 더 드물었던 결과이다.

아무튼 16명 중 10명이 지윤의 추천에 의해 취업될 예정이다. 10명 모두 가정형편이 어려웠고, 스물여덟이 되도록 미래가 보장된 직장이랄 수 없는 곳에서 근무하던 중이다.

공통점은 김지윤의 친구라는 것 이외에 올바른 가치관을 가졌다는 것이다.

그리고 어떻게든 처한 상황에서 최선을 다하는 삶을 살고 있었지만 조금도 나아지지 않았다는 것이다.

이제 친구 하나 잘 둔 덕에 어려움에서 헤어날 예정이다.

　　　　*　　　　　*　　　　　*

"폐하! 한 말씀 올려도 될까요?"

"뭔데?"

"예멘(Yemen) 내전 아시죠?"

"중동에 있는 예멘……? 아! 알지."

아주 오래전 일이지만 예멘 내전으로 인한 대규모 난민이 발생하여 세계적인 문제가 발생되었다.

난민에 섞여 유럽과 아시아 등지로 침투한 이슬람 극렬분자들에 의한 폭탄테러 때문에 골치가 아파지는 것이다.

한국도 많은 예멘 난민과 극렬 이슬람들 때문에 강간, 폭행, 살인 등의 일이 벌어지고, 국론 분열로 인한 사회적 피로도가 높아졌던 기억이 있다.

"지금이라면 사전에 차단할 수 있는데 어떻게 할까요?"

"그래? 그쪽 사람들에 대한 정보 수집은?"

현수는 아주 솔깃하다는 표정으로 바뀌었다. 가능하다면 막는 것이 좋은 때문이다.

"당연히 다 되어 있어요."

"도로시의 생각은 어떤데?"

"극렬 이슬람은 방법이 없어요."

어찌 무슨 뜻인지 모르겠는가!

"좋아! 그럼 수니파와 시아파 양쪽의 지도자 서열 1위부터 1,000위까지 변형 캔서봇을 투여해."

"정도는요?"

"3개월 내 전원 사망으로!"

"그럼 남은 게 얼마 없게 됩니다."

"얼마나 남는데? 일전에 51만 2,513개가 남아 있다고 하지 않았나?"

"맞아요! 근데 그중 51만 428개가 사용되었어요."

"기존 암환자들에 대한 투여는 다 마쳐진 거지?"

"네! 기존 4기 환자들은 3기 초로, 3기 환자들은 2기 초로 나아진 상황을 유지하도록 세팅해서 투여했어요."

병실에서 쫓겨난 환자 중에서는 암으로 인한 사망자가 당분간은 없을 것이라는 말이다.

"잘했네. 데스봇은 얼마나 남아있어?"

"39만 6,650개 중 37만 7,114개가 투여되었어요."

"흐음! 캔서봇은 2,085개, 데스봇은 1만 9,536개가 남아있다는 거지?"

"맞아요!"

"예멘뿐만 아니라 시리아도 난리인 상태이지?"

"네! 정부군과 반군, 그리고 이슬람 국가 IS(Islamic State)가 뒤엉켜서 그로 인한 난민이 다수 발생하고 있죠."

"그렇다면 말이야. 조금 전의 지시를 수정할게."

"넵! 말씀만 하세요."

"예멘의 시아파와 수니파 서열 1위부터 500위까지, 시리아의 정부군과 반군 서열 1위부터 500위까지는 변형 캔서봇을 투여해서 1개월 내에 사망하도록 해."

2,000개의 변형 캔서봇을 쓰라는 뜻이다.

"네! 명령 받듭니다."

"두 나라 정부군과 반군 모두 서열 501위부터 1,000위까지 데스봇 레벨10을 투여해."

"…레벨10이요?"

2시간에 한 번 30분씩 온몸이 불타는 고통을 느끼는 것이다. 이게 투여된 후 1주일 이상을 버틴 사람은 없다.

너무나 고통스러워 자살하던지 안락사를 택했던 것이다.

그래서 인지 도로시는 방금한 말이 진짜냐는 표정이다.

"캔서봇이 많지 않으니 할 수 없지. 레벨 10정도는 되어야 일찍 죽을 거 아냐."

"아! 네에."

정부군이나 반군 모두 총이 있으니 죽음을 택하는 건 비교적 쉽다. 암에 걸려서 고생고생하다 죽으나 고통에 겨워 방아쇠를 당기나 죽는 건 마찬가지이다.

"이슬람 국가 IS는 빼셨어요."

"알아! IS는 서열 1위부터 3,000위까지 모두 데스봇 레벨10을 투여해."

"시리아에 있는 IS만 말하시는 거죠?"

"그래! 인간 같지 않은 것들이지. 미래에 자신들에게 총구를 겨눌지도 모른다는 이유만으로 12세 이하 어린이 200명을 수로에 몰아넣고 무차별 학살을 한 놈들이잖아."

"그것뿐만 아니라 아이들을 철창 안에 가둬놓고 산 채로 불태워 죽이기도 했어요."

"예멘에도 IS가 있나?"

"네! 있어요. 작년 9월에 예멘의 수도 사나에 있는 시아파 모스크를 대상으로 폭탄테러를 했어요."

"예멘엔 IS가 몇 명이나 있지?"

"유동적인데 현재 인원은 1,884명이에요."

"그래? 그럼 전원에게 데스봇 레벨10을 투여해."

"넵! 지시대로 합니다."

"캔서봇은 85개 남고, 데스봇은 1만 4,652개가 남지?"

"맞아요."

"이라크의 IS는 현재 어디에 있어?"

"시리아와의 국경에서 약 20㎞, 수도 바그다드에서 400㎞ 정도 떨어진 이라크 안바르주 서쪽 알카엠에 집결해 있어요."

"알카엠(Al-Qaem)?"

"네! 알카엠은 농경지가 많아서 정부군의 보급로 차단과 포위공격에도 버틸 수 있거든요.,"

"원래는 모술(Mosul)에 있지 않았어?"

"맞아요. 근데 국제 동맹군의 공격을 받아서 그쪽으로 옮겨간 거예요."

"그렇군! 거기서 뭐하는데?"

"거기에 대규모 급조폭발물 공장이 있고, 전 세계에서 IS에 가담하겠다고 온 자들을 훈련시키고 있죠."

"뭐야, 자살폭탄 테러 훈련?"

"네! 그것도 포함되어 있어요. 그리고 IS의 수괴 '아부 바크르 알바그다디[11]'도 거기에 있어요."

"그래? 거긴 폭격으로도 제압이 쉽지 않은 곳이지?"

"네! 황무지와 언덕, 분지, 계곡, 동굴 등으로 둘러싸인 천연 요새라 폭격을 해도 소탕이 쉽지 않아요."

"알았어! 나머지 데스봇 중 1만 4,000개를 레벨10으로 세팅해서 놈들에게 투여해."

IS 대원 1만 4,000명으로 하여금 죽을 것 같은 고통 또는 자살을 택하게 하라는 뜻이다. 이 정도면 핵심은 모두 제거된다. 이제 IS는 원동력을 잃게 될 것이다.

"넵! 지시대로 합니다."

"그럼 캔서봇 85개, 데스봇은 652개가 남는 거지?"

"맞습니다."

"남은 캔서봇 85개는 몽땅 변형캔서봇으로 바꿔서 보이스

---

11) 아부 바크르 알바그다디 : 칼리프를 자칭하는 이슬람 국가의 최고 지도자

피싱 조직의 수괴들에게 투여해. 6개월쯤 고생하다 뒈지도록 리미트 풀어서.”

“알겠어요.”

“남은 데스봇 652개도 보이스피싱 조직원들에게 투여해. 모두 레벨8에 맞춰서. 알았지?”

평생 모은 재산을 교묘히 속여서 빼앗는 놈들이다.

남의 눈에서 피눈물 나게 하는 놈들이니 살려둘 필요가 없다는 판단을 내린 것이다.

“알겠어요. 하지만 약간씩은 남기는 게 낫지 않을까요?”

“왜……?”

“폐하께서 서클만 이루시면 괜찮지만 혹시라도 그 전에 천추의 한이 되는 일이 생길 수도 있으니…….”

도로시는 일부러 말끝을 흐렸다.

또박또박 말을 끊는 것보다 이처럼 말끝을 흐리는 게 상대를 설득할 때 효과적일 수 있음을 알기 때문이다.

캔서봇은 모든 암을 극복할 수 있는 나노로봇이다.

혹시 있을지 모를 새로 발병하게 될 암 환자를 위해서 남기라는 건 충분히 이해된다.

도로시가 데스봇까지 남기라고 권한 이유는 가장 약한 레벨1로 세팅해서 체내에 투입하면 기존의 질병을 다스리는 효과를 보이기 때문이다.

독약도 때론 약으로 쓰일 수 있음이다.

"알았어! 그럼 캔서봇은 15개, 데스봇은 150개만 남겨둬."

"넵! 지시대로 합니다."

"참! 핵물질 제거에 대한 보고는 왜 안 해?"

"아시잖아요. 디신터봇이 핵물질을 하인스늄으로 바뀌는 데 시간이 걸린다는 거요."

"그거야 알지."

"미국, 러시아, 지나, 영국, 프랑스, 인도, 파키스탄, 북한, 이스라엘의 핵무기엔 모두 디신터봇이 투여되었어요."

이 보고를 하기 위해 신이호부터 신구호까지는 눈썹이 휘날리도록 돌아다녀야 했다. 인공지능을 가진 미래의 안드로이드이기에 피로 따위는 느끼지 못하기에 가능하다.

"그래? 잘했네. 눈치 못 채겠지?"

"당연한 말씀이세요. 너무도 은밀했고, 흔적조차 발견할 수 없으니 그야말로 쥐도 새도 모르는 일이에요."

핵무기가 사라지거나 모양이 변한 것이 아니다.

탄두부분에 눈으로는 식별 불가능한 구멍 하나가 뚫렸을 뿐인데 그나마 교묘히 메워놓은 상태이다.

도로시의 말처럼 미국, 러시아, 영국, 프랑스, 지나 등 핵보유국 전부 자신들의 핵탄두가 결코 폭발하지 않는 물질로 바뀐 것을 알지 못한다.

"아직도 잠수함에 실려 있는 것과 향후 새로 만드는 것 이외엔 핵무기가 없다고 보시면 돼요."

"잘했네. 시간이 걸리더라도 나머지에게도 꼭 투여해."

"물론이에요."

"일본의 플루토늄은?"

일본에는 언제든 핵폭탄 6,312개를 만들 수 있는 분량이 보관되어 있다.

그리고 일본은 어떤 짓을 저지를지 모르는 놈들이 모여서 사는 나라이다. 하여 가장 먼저 모든 핵물질을 제거하도록 명을 내린 바 있다.

"그것 또한 모두 하인스늄으로 바뀌게 될 거예요."

이미 디신터봇을 투여했다는 뜻이다.

＊　　　　＊　　　　＊

"잘했네. 한국의 것들은?"

"마찬가지예요. 그리고 모든 핵폐기물에도 디신터봇이 투여되었어요. 한국은 이제 방사능 청정국이에요."

"원자력 발전소에서 쓸 연료는 남겨둔 거지?"

"그럼요! 말씀하신 대로 그건 남겨두었어요."

"지나는 어떻게 했어?"

"지나는 일전의 홍수와 지반침하 등으로 인해 모든 발전소의 가동이 중단된 상태예요."

무지막지했던 흙탕물은 어느 정도 빠져나갔지만 홍수 피해가 완전히 복구된 것은 아니다.

전기, 통신, 도로, 철도, 항만, 공항, 인터넷, 금융시스템 등 국가 기반시설이 완전히 붕괴된 상태에 놓여 있다.

갖은 애를 다 써보지만 발전소는 요지부동이다. 전력 공급이 되지 않으니 다른 것들도 연쇄적으로 불가능하다.

지나인들에겐 다 같이 합심하여 피해를 복구하자는 개념보다는 '내 이익이 먼저' 라는 특유의 이기심이 있다.

따라서 나라를 버리고 떠날 인간들이 최소 100만 명은 넘었을 것이다. 돈이면 귀신도 부린다 하지 않던가!

공항 사용이 불가능하면 헬기를 타면 된다.

일단 홍수피해를 입지 않은 광서장족 자치구, 내몽골 자치구, 신장위구르 자치구, 티벳 자치구, 영하회족 자치구로 옮겨 간 뒤 그곳에서 외국으로 날아가면 그만이다.

그런데 이번엔 그런 인간들이 거의 없다.

홍수 피해를 입기 전에 은닉해 두었던 돈이 몽땅 사라지는 황당한 경우를 맛보았기 때문이다.

대부분 국가 몰래 빼돌린 것이라 어디에 하소연도 하지 못하고 벙어리 냉가슴 앓듯 그렇게 시름 속에서 살고 있다.

그러다 대홍수를 만났고 그나마 남아 있던 것들까지 몽땅 사라졌다. 국가 존립기반이 모두 붕괴된 상태라 보상은 꿈도 꿀 수 없는 상황이다.

하여 상당히 많은 자들이 스스로 목숨을 끊고 있다.

통신과 언론 시스템이 모두 망가졌기에 그 수가 얼마나 많은지 정확히 알 수는 없지만 최소 100만 명은 이미 자살한 것으로 추정되고 있다.

지나 정부의 발표에 의하면 지나의 인구수는 2015년 하반기 기준으로 약 13억 7천만 명이었다.

흑호(黑戶)라 칭하는 호적에 올리지 않은 사람과 723만 홍콩 인구, 그리고 65만 마카오 인구가 제외된 숫자이다.

이들을 모두 합산하면 약 14억 명으로 추산된다. 이중 100만 명이라면 인구 1,400명당 1명이 자살했다는 뜻이다.

인구의 0.07% 정도니 이 정도로는 줄어든 티도 안 난다.

자살자들이 속출하기 이전에 홍수로 목숨을 잃은 자들이 있다. 지하실에 있다가 밀려든 물을 헤어 나오지 못해 죽은 자들의 수만 200만 명이 넘는다.

이밖에 감전 및 붕괴사고 등으로 350만 명 정도가 목숨을 잃었고, 심각한 부상을 입었거나 제대로 된 치료를 받지 못해 죽음만 기다리는 인원은 약 2,700만 명이다.

그런데 아사자가 속출하기 시작했다.

정부에서 보유한 외환을 풀어 외국으로부터 식량을 도입하였지만 이를 운반할 차량이 없다.

트럭은 많지만 침수피해를 입어 거의 모두 시동이 걸리지 않는다. 설사 운행 가능한 상태라 해도 도로가 너무 많이 유실된 상태이다. 철도 역시 모두 끊겨 있다.

둘 다 복구를 엄두도 내지 못할 정도로 처참하다.

아사자가 속출하자 죽은 자들의 시신을 먹은 자들이 이웃의 살을 탐내고 있다.

지나인들에게 있어 식인은 그리 낯설지 않은 문화이다.

처음엔 황하 유역의 하남성, 산서성, 섬서성이 중심이었다.

사서(史書)를 들춰보면 시대의 흐름에 따라 점차 남쪽으로 전파되어 갔음을 알 수 있다.

그 결과 양자강을 넘어 남쪽의 복건성까지 파급되어 있다.

이 경로는 지나인들의 강남개발과 이주의 역사와 같은 궤도에 놓여 있다.

한고조 2년 이후 400년 동안 식인현상은 대부분 황하유역에서만 발견되었다.

그런데 이 시기 이후엔 양자강 이남 지역인 광동성, 복건성에서도 식인현상이 빚어진 것이다.

과거의 자료들을 종합해보면 특정지역으로 지나인들이 많이 이주하면서 인구가 급증했고, 과잉개발이 되어 자연환경이 무분별하게 훼손되었다.

자연생태학적 균형이 깨지자 극심한 기근이 발생하게 되었고, 식량부족이 부족해지자 사람을 잡아서 먹었다.

현재의 지나는 무분별한 난개발로 국토 대부분의 자연생태계가 극심하게 훼손된 상태이고, 인구는 과밀했었다.

여기에 홍수로 식량이 부족해지자 곧바로 예전의 풍습이

되살아난 것이다.

지나의 경찰력과 군사력은 지리멸렬한 상태이다.

하여 이웃이 이웃을 잡아먹는 몬도가네[12] 현상이 빚어지지만 막지 못하고 있다. 상대적으로 대항력이 부족한 여성과 아이들이 희생자이다.

중앙 정부에서도 일부 사실은 전해 들었지만 속수무책이라 방관하는 실정이다.

그리고 지나 정부에서는 자신들의 현 상황을 드러내지 않으려 외국인 출입을 엄격히 제한하고 있다.

사실은 항만과 공항이 제 기능을 하지 못해 입항할 수 없고, 착륙할 수도 없는 것이 더 큰 이유이다.

아무튼 아사하거나 살해당하는 수는 최고 2억 명에 이를 수도 있다. 전 인구의 14.3%에 해당된다.

하지만 졸지에 18세기 초로 후퇴해버렸으니 이 숫자를 줄이는 건 난망할 것으로 예상된다.

무분별하게 자연을 훼손하였고, 이웃과 인류를 상대로 지나친 이기심을 보였던 자들의 말로이다.

누천년간 이웃을 괴롭히고 침략했으며, 업신여기고, 수탈했던 것에 대한 처벌일 수도 있다.

---

12) 몬도가네(Mondo Cane) : 기이한 행위, 특히 혐오성 식품을 먹는 등 비정상적인 식생활을 가리킨다. 세계 각지의 엽기적인 풍습을 소재로 한 이탈리아 영화에서 연유된 단어

"거기도 원자력 발전소가 있지 않아?"

"있지요. 가동했던 게 26기, 건설 중인 게 23기였어요."

"그래? 생각보다 많았네."

2020년이 되면 세계 3위 원전 보유국이 될 상황이었다.

"문제는 모두 서쪽 해안에 줄줄이 세워져 있었거나 세우는 중이었다는 거지요."

한국을 기준으로 보면 황해의 동쪽 끝을 의미한다.

"그랬어? 그거 안전은 했던 거야?"

"그럴 리가요! 지나잖아요."

허술함과 엉터리, 그리고 가짜의 대명사가 '지나'이다.

그래서 '마데 인 지나(made in china)'라고 하면 포장만 벗기면 쓰레기라는 뜻으로도 사용되었다.

지나의 원자력 발전소는 자체기술로 지어진 것이 아니다. 해외에 파견된 첩보원들이 훔쳐온 외국기술의 결과이다.

탄탄한 이론적 바탕이 있을 리 없으니 분명 허술한 부분이 있었을 것이다.

"지나에선 1976년에 리히터 규모 7.8의 대지진이 발생되어 24만 명 이상이 숨졌어요."

"아! 하북성 당산(唐山) 대지진?"

"네! 탄루단층[13] 동쪽에서 일어났죠."

---

13) 탄루단층 : 지나 산동반도를 가르는 거대 단층. 당산대지진은 탄루단층대에서 발생했다.

"뭐? 지진 다발지역 해안가에 원전을 세웠단 말이야?"

탄루단층은 활성단층이다. 그리고 이 주변은 규모 7.0 이상의 지진이 발생할 확률이 매우 높은 지역이다.

현수의 쌍심지가 확 솟구친다. 짜증이 난다는 뜻이다.

"네! 내년부터 가동될 산동반도의 동쪽 끝 '스다오만 원전'에서 문제가 생기면 한국까지 방사성 물질이 도달하는 데 불과 12시간밖에 안 걸려요."

지진이 발생되었다는 소식을 접하고 뭐가 어떻게 되었는지를 파악하는 동안 편서풍을 탄 방사성 물질이 덮친다.

한국으로선 도주할 시간 여유조차 없다는 뜻이다.

다시 말해 스다오만 원전에 문제가 발생되면 황해는 죽음의 바다가 되며, 한반도는 방사능의 직격탄을 맞게 된다.

"완전히 미친놈들이었군."

"맞아요! 그래서 지나의 모든 핵물질에 디신터봇을 투여하도록 했어요."

"모든 핵물질?"

"네! 핵발전소가 준공되더라도 가동할 수 없도록 모든 방사성 물질에 디신터봇이 투여되었어요."

"오~! 잘했네, 기존의 것들은?"

"연구소에 있었던 것까지 몽땅 다 하인스뉴으로 바뀌게 되요. 지나는 방사능이 없는 청정국가가 될 거예요."

쓰레기의 대명사인 지나가 '청정'이라는 타이틀을 다니 뭔가 아이러니하다.

"잘했네. 디신터봇은 얼마나 남았어?"

"예상보다 소모량이 적었어요. 근데 왜요?"

칼같이 계산해서 늘 명쾌하게 답을 해줬는데 왠지 뜨뜻미지근한 대답이다.

"왜? 숫자로 대답하지 않지?"

"…후쿠시마 원전사고 때문에 일본이 방사능 천국이 된 거 아시죠?"

2011년 3월 11일 일본 동북부 지방을 관통한 대규모 지진과 쓰나미로 인해 후쿠시마 원자력 발전소가 작살났다.

전원 및 냉각시스템이 파손되면서 핵연료 용융과 수소폭발로 이어져 다량의 방사성 물질이 누출되었다.

그날 이후 일본 정부는 이젠 괜찮다고 주장했다.

그러면서 '개인이 직접 방사능 수치를 측정하거나 결과를 공유하는 행위는 불법'으로 규정하는 법안을 신설했다.

방사능 관련정보는 오로지 정부만 관리하고, 필요할 때만 공개하겠다는 뜻이다.

그러면서 '후쿠시마 원전주변 반경 30㎞만 벗어나면 아무런 문제가 없다'고 발표했다.

최근 뜻있는 누군가가 후쿠시마 인근지역의 방사능 수치를 측정하는 동영상을 유튜브 채널에 게재했다.

적은 곳은 80μSv/h, 높은 곳은 265μSv/h로 측정되었다.

다음은 1986년에 원전사고가 발생했던 체르노빌의 방사선 관리기준이다.

방사능 측정치	관리기준
0.134 ~ 0.67μSv/h	관리 필요
0.67 ~ 2.0μSv/h	희망할 경우 이주
2.0 ~ 5.4μSv/h	강제 이주
5.4μSv/h 이상	강제 대피

사고가 나고 5년 하고도 4개월이나 지난 현재, 후쿠시마 인근 방사능 수치는 체르노빌 방사선 관리기준 '강제대피'의 50배가 넘는다.

또 다른 동영상인 도쿄도 카프시카구에서 촬영된 것엔 두 개의 방사능 측정기가 등장한다.

하나는 지면으로부터 1m 정도 떨어트려 대기 중 방사능 수치를 확인한 것이다. 결과는 $0.08 \sim 0.09\mu Sv/h$였다.

이걸 밑으로 내리자 수치는 점점 올라갔다.

땅바닥에 놓인 측정기 수치는 $0.9 \sim 1.04\mu Sv/h$였다. 대기오염도 문제지만 토양오염이 더욱 심각하다는 뜻이다.

일본 정부와 도쿄전력은 피해를 복구하기보다는 부랴부랴 사태만 덮으려고만 했다. 그러면서 이렇게 말한다.

이제는 안전해요!

우리 모두 후쿠시마를 도웁시다!

일본으로 놀러오세요!

순진한 사람들이 일본여행을 즐기고 있다. 통계를 보면 일본을 방문하는 여행객 4명 중 1명이 한국인이다.

당장은 괜찮겠지만 그리 멀지 않은 훗날, 많은 한국인들이 방사능 피폭으로 인한 고생을 하게 될 것이 자명하다.

한국의 모 방송사에서는 방사능으로 오염된 바다에서 나온 해산물을 출연자들이 섭취하는 방송을 내보냈다.

내부피폭이 얼마나 무서운지를 모르는 참으로 무식한 행동이다.

어쨌거나 현수도 원전사고에 대해서는 알고 있다.

"후쿠시마 원전 사고를 누가 몰라?"

"일본은 방사능을 제거할 기술이 없어요."

"그래, 그렇지. 근데?"

"디신터봇을 이용하여 얄미운 일본의 돈을 긁어보는 건 어떨까 싶어서요."

"어떻게?"

흥미가 돋는다는 듯 안광을 빛냈다.

마법을 쓸 수 있다면 도요토미 히데요시가 효고현 다다은 동광산 갱도에 은닉해 놓은 황금을 싹쓸이 해왔을 것이다.

임진왜란 당시의 금화 4억 5천만 냥과 금괴 3만 관이다.

당시의 금화 1냥은 16.55g이며, 순금함유량은 약 68%에 이른다. 이를 계산해 보면 금화만 5,064.3톤이고, 금괴는 112.5톤이다.

불순물 포함 7,613톤이고, 순금은 5,176.8톤이다.

오늘의 국제 금시세는 1온스당 1,615.40달러로 마감되었다. 영국 국민들이 브렉시트에 찬성표를 던졌고, 슈퍼노트가 출현하자 안전자산인 황금으로 시선이 쏠린 결과이다.

어쨌거나 금 1온스는 31.10g이다.

그리고 순금 5,176.8톤은 1억 6,645만 6,591.64온스에 해당된다.

국제 금시세로 2,688억 9,397만 8,135달러 25센트이고, 원화로 환산해 보면 316조 1,520억 9,479만 2,520원이다.

참고로, 2015년 9월 8일에 국무회의에서 확정한 대한민국의 2016년 예산은 386조 7,000억 원이었다.

국가 1년 예산의 81.75%에 해당된다.

일본이 이걸 잃으면 얼마나 배가 아프겠는가!

위치도 알고, 얼마나 은닉되어 있는지도 안다. 하지만 현재로선 회수할 방법이 없다.

Chapter 07

—

일본 벗겨먹기

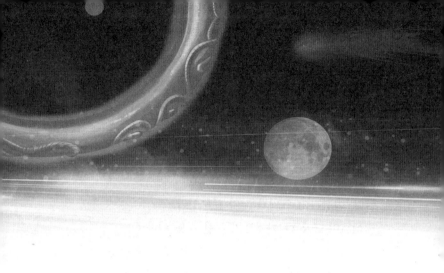

휴먼하트가 지구 자기장에 적응을 하던지, 1서클이라도 이루어야 희망이 있다.

가장 좋은 건 휴먼하트가 재가동되는 것이다. 식은 죽 먹는 것보다도 쉽게 몽땅 가져올 수 있다.

간 김에 왜놈 두목이 사는 황거를 뒤집어 버릴 수도 있고, 싸가지 없기로 이름난 아베 신조를 육포로 만들 수도 있다.

아울러 해상자위대의 모든 전함과 항공자위대의 모든 전투기 등을 아공간에 담아 올 수도 있다.

그리고, 현재의 지나처럼 졸지에 18세기 초로 돌아가도록 엄청난 지진까지 일으킬 수도 있다.

물론 휴먼하트가 멀쩡해야 가능한 일이다.

열심히 노력하고 있는 서클 만들기가 성공하면 조금 번거롭기는 하지만 각종 마법진을 활성화시킴으로써 어떻게 어떻게 금을 가져올 수는 있을 것이다.

하지만 해상자위대나 항공자위대의 병기들을 회수하진 못한다. 아공간의 크기가 작기 때문이다.

어쩌면 금을 다 가져오지 못할 수도 있다.

금의 비중은 1cm³당 19.3g이고, 히데요시가 감춘 금화와 금괴의 무게는 7,613톤 정도 된다.

순도가 떨어져서 24K는 5,176.8톤에 불과한 것이다.

어쨌거나 7,613톤은 대략 394.5m³쯤 된다.

이걸 모두 담아 오려면 가로, 세로, 높이가 각각 7.35m 정도 되는 아공간이 필요하다.

1서클이 되어 활성화시킬 수 있는 아공간의 크기는 가로, 세로, 높이가 각각 5m가 최대이다. 125m³에 해당된다.

전체의 31% 정도만 가능하다. 최소 4번은 다녀와야 모두 가져올 수 있다. 몹시 번거롭다.

2서클이 되면 가로, 세로, 높이가 각각 10m인 아공간을 운용할 수 있다. 1,000m³에 해당되니 이때는 한 번에 모두 가져올 수 있을 것이다.

문제는 1서클이 언제 이루어질지 알 수 없다는 것이다. 하물며 2서클은 어떠하겠는가!

현재로선 히데요시의 황금은 그림의 떡인 셈이다.

현수의 시선을 받은 도로시는 약간은 흥분된 어조로 입을 연다.

"디신터봇을 바닷물에 투입하면 접촉되는 방사성 물질이 하인스늄으로 바뀌게 되잖아요."

YG-4500이 가져온 디신터봇의 숫자는 90만 개였다.

전 세계 모든 핵무기를 무력화하고 얼마나 남았는지 알 수는 없지만 일본의 바다를 뒤덮을 정도는 아닐 것이다.

"바다가 얼마나 넓고, 깊은지 몰라?"

"당연히 알죠!"

도로시의 고개가 힘차게 끄덕여진다. 이제 무엇을 말하든 매우 긍정적이며, 논리적으로 정연하다는 뜻일 것이다.

"그런데 어떻게 하자고?"

"특정한 기구를 만든 뒤 바닷물을 빨아들여 디신터봇에 접촉하게 하는 방법이 있고요."

"에고, 그러기엔 이미 너무 많이 퍼졌다."

바닷물이 호수에 갇혀 있는 것이 아니라는 뜻이다.

방사능에 오염된 바닷물은 지난 5년간 해류를 타고 멀리멀리 번져갔을 것이다. 그걸 빨아들인다는 건 말도 안 된다.

"그럼 디신터봇을 그럴 듯한 장치에 도포한 후 물 속에 담가놓는 건 어떨까요?"

해류를 잘 살핀 뒤 가장 효율적인 곳에 일정한 간격으로 수심을 달리해서 넣자는 뜻이다.

디신터봇은 단백질은 아니지만 효소와 같은 역할을 한다.

참고로, 효소(Enzyme)는 각종 화학반응에서 자신은 변화하지 않으나 반응속도를 빠르게 한다. 일종의 촉매이다.

아울러 디신터봇은 자석과 같은 역할도 한다.

그럴 듯한 장치 표면에 디신터봇을 붙여놓고 바닷물 속에 담가놓으면 이에 접촉된 해수에 포함되어 있는 방사성 물질이 하인스늄으로 바뀐다.

눈에 보이지도 않을 정도인지라 해류를 타고 이동하게 될 것이다. 이렇게 이동하는 하인스늄에 접촉되는 다른 방사성 물질 또한 하인스늄화 된다.

자성이 없던 쇠막대 끝에 자석을 붙이면 쇠막대의 다른 끝에 쇠붙이가 붙는다.

닿는 순간 자성(磁性)이라는 정보가 전달된 것이다.

디신터봇의 정보 역시 고체일 때가 제일 빨리 전달된다. 하지만 바닷물에서는 약간의 시간이 필요하다.

고체는 분자들이 빽빽하게 있고, 액체는 이보다 느슨하다. 그렇기에 고체보다 액체의 정보전달 속도가 느린 것이다.

기체는 액체보다 훨씬 더 느슨하므로 정보전달이 거의 되지 않는다. 확산속도와 반대라고 생각하면 된다.

아무튼 쇠막대에서 자석을 떼어내면 얼마 지나지 않아 자성을 잃는다. 하지만 한번 하인스뉴으로 바뀐 것은 다시 원래의 상태로 되돌아가지 않는다.

가장 안정된 물질 정보이기 때문이다.

아무튼 방사능 제거를 위해 일본에 제공할 기기의 표면에 붙어 있는 디신터봇은 너무 작아서 웬만한 현미경으론 존재 자체를 발견할 수 없다.

그런 게 있다는 것조차 알지 못하니 우연히 디신터봇을 발견한다 하더라도 표면에 묻은 이물질 정도로 여길 것이다.

디신터봇에 방사성 물질이 하인스뉴으로 바뀌지만 아예 알려지지 않은 물질이라 어떠한 기기로도 검출할 수 없다.

그리고 바닷물은 고여 있지 않고 계속해서 흐른다.

무엇이 어떤 작용을 하여 방사능을 제거하는지 전혀 알 수 없는 것이다.

뿐만이 아니다. 디신터봇은 부식되지 않고, 계속 마나를 빨아들여 기능을 유지하므로 회수하여 재활용할 수도 있다.

일을 잘만 꾸미면 방사능으로 오염된 바다를 깨끗이 정화시킬 뿐만 아니라 전 세계를 상대로 민폐 끼치고 있는 일본의 재산을 왕창 당겨 올 수 있을 것이다.

"흐음! 괜찮은 생각이네. 근데 그거 하려면 회사를 또 만들어야 하지?"

"Y—PS 정도면 어떨까요? Yisilipe—Purification System의 이니셜이에요."

"이실리프―정화(淨化)시스템? 괜찮네."

"헤헷! 그럼 법인 설립을 착수할게요. 그럴 듯한 공장도 있어야 하는데 위치는 어디로 할까요?"

"으음… 일단 향남제약단지 지도 띄워봐."

"넵!"

말 떨어지기 무섭게 경기도 화성시에 소재한 향남제약단지 일대가 두 가지 버전으로 보인다.

일반적인 지도엔 기업명이 무언지, 규모는 얼마인지가 세세히 표시되어 있고, 위성에서 내려다본 건 사진이다.

"이 지도는 뭐야?"

"현재 인터넷에 사용되는 지도들이 너무 구려서 새로 만드는 중이에요. 아시아는 끝났고, 지금은 유럽과 아프리카 쪽을 작성하고 있어요."

"그래? 괜찮네."

허공에 띄워진 홀로그램 지도를 손으로 건드리니 기업의 연혁은 물론이고, 자본금과 종사원 수 등이 표기된다.

미래의 기술인지라 매우 쓸 만했다.

"천지건설에서 짓고 있는 아파트는 어디에 있지?"

또 말 떨어지기 무섭게 천지건설 향남아파트 신축공사 현장부지 외각선이 명멸한다.

상신도시숲 동쪽에 위치한 검정골 일대이다. 그러고 보니 왜 분양이 시원치 않았는지 짐작이 갔다.

"여기 일반 산업단지에 매물로 나온 부동산 표시해 봐."

"공장을 사시려는 거죠?"

"그래! 어서 표시해 봐."

"넵!"

말 떨어지기 무섭게 형형색색이 되었다.

"이 색깔들은 뭐야?"

지도의 부동산들은 빨강, 주황, 노랑, 그리고 초록과 파랑, 회색, 보라색으로 구분되어 있었다.

"빨강은 부도직전, 주황은 위태위태, 노랑은 일반 매물, 초록은 현상유지, 파랑은 잘나가는 기업이에요."

"그래? 회색과 보라는?"

"회색은 일반 주거지구요. 보라는 공원이에요. 검정은 도로구요."

지도를 살펴보니 빨강과 주황도 많고 노랑도 많다. 초록도 제법 있지만 파랑은 드물었다.

"뭐야, 빨강도 많고, 주황도 많네. 노랑도 이렇게 많아?"

"불경기잖아요. 금리는 왕창 올랐구요."

하나를 보면 열을 안다. 한국의 현재 경제상태가 그대로 적용된 드러난 표본일 것이다.

"부실기업과 한계기업[14] 이 이렇게 많으니. 쯧쯧!"

---

14) 한계기업 : 일반적으로 임금상승을 비롯한 경제여건 변화로 인해 경쟁력을 상실하여 더 이상의 성장에 어려움을 겪는 기업

"현 정부의 정책이 유지되면 곧 도산할 회사들이에요."

"그래! 그렇겠지."

현수는 고개를 끄덕였다.

현재의 정부는 코마상태나 다름없다.

장관 대부분, 차관 대부분이 하루 종일 비명을 지르거나 암 환자가 되어 병원에 입원해 있는 상태이다.

사법부 판사와 검사들 상당수도 같은 처지에 놓여있다. 일부 비양심적인 변호사들도 마찬가지이다.

언론사와 방송사들은 아예 직격탄을 맞았다.

어떤 신문사는 기자의 92%가 근무불능인 상태이다.

취재기자 대부분이 입원하여 지면을 모두 채울 수 없게 되자 광고가 대폭 감소했다.

수입원이 왕창 줄어든 것이다.

하지만 이를 수습할 수뇌부 역시 비명을 지르거나 암 환자가 되어 있다. 곧 망할 일만 남은 것이다.

이에 대다수 국민들은 쌍수를 들어 환호하고 있다.

바라마지 않던 친일, 적폐언론과 적폐방송사들의 폐사가 조만간 이루어질 것 같기 때문이다.

아울러 기레기와 그에 준하는 놈들 모두 고통 속에서 끝없는 비명을 지르는 모습이 통쾌한 때문이기도 하다.

이밖에 군인과 경찰 및 상당수 공무원들 또한 같은 처지에 놓여 있다. 공통점은 대부분 고위직이라는 것이다.

덕분에 한국의 모든 병·의원은 만원(滿員)이 되었다. 하지만 의료진이 해줄 수 있는 건 별로 없다.

진통제를 투여해도 고통은 줄어들지 않고, 항암제나 수술로도 암의 진행을 막을 수 없다.

스스로를 사회지도층 인사라 여기던 놈들의 90% 이상이 조만간 요단강 건너 지옥으로 갈 준비를 하고 있다.

그냥 준비가 아니라 무엇으로도 제어되지 않는 고통에 겨운 몸부림을 치면서 비명까지 지르는 중이다.

그럼에도 국가가 유지되고 있다.

납부해야할 세금은 납부되고 있고, 상점 약탈 같은 만행은 저질러지지 않고 있다. 이럴수록 정신 차리자는 뜻 있는 국민들이 있기 때문이다.

한때 강도, 절도, 강간 등 흉악범죄가 발호하려 했다.

경찰력 또한 크게 줄어든 결과이다. 하지만 예비군들의 자발적인 자치방범대가 발족되면서 확연히 수그러들었다.

사실 에이프릴 때문이기도 하다.

대한민국의 국민 평균 IQ는 106으로 '세계 최고'이다.

이처럼 뛰어난 두뇌를 가진 국민들이 어찌 눈치채지 못하였겠는가!

고통을 호소하거나 갑작스레 암에 걸린 연놈들의 공통점은 금방 파악되었다.

기레기, 부정부패와 연루된 공무원, 방산비리에 얽힌 군인,

국가에 해를 끼친 정치인, 비양심적인 행위자, 돈 좀 있다고 갑질을 하던 연놈들만 에이프릴에 걸렸다.

하여 요즘엔 에이프릴에 걸린 연놈들의 인간관계가 모조리 끊기고 있다.

전염된다는 일부 낭설 때문이기도 하지만 그간 알지 못했던 악행 등을 알고 나서 정나미가 뚝 떨어진 결과이다.

그것만 전문적으로 보도하는 사이트가 생겨났다. 그 결과 저질러진 악행 등이 가감 없이 드러났다.

하여 에이프릴에 걸린 인물과 가족이거나 가깝다는 이유만으로도 배척당하는 풍조가 생겨나기도 했다.

가뜩이나 불경기였는데 이런 상황까지 겹쳤다. 게다가 슈퍼노트 때문에 환율이 지랄을 했고, 수출입은 딱 끊겼다.

당연히 매물이 많을 수밖에 없는 상황이다.

"여기 이거 면적은?"

"그건 1,616평이에요. 32억 원에 매물로 나왔어요."

"그래? 그럼 이 숲은?"

"임야면적은 2,584평이에요. 가격은 11억 원이에요."

"임야는 싸네."

"지반이 암반이라 그럴 거예요."

공장부지로 바꾸려면 적지 않은 토목공사비용이 들어갈 것이라는 뜻이다.

"합치면 딱 4,200평이네. 43억 원이고."

"깎으려면 깎아질 거예요. 최근 부동산 실거래 자료와 매물 주인의 처지를 감안하면 공장부지는 24억 2,400만 원에, 임야는 9억 440만 원이면 살 수 있을 거예요."

"매물 주인의 처지?"

"네! 제삼기공은 곧 도산할 상황이거든요. 은행 대출이 많아서 경매로 넘어가면 건지는 게 거의 없을 거예요."

"제삼기공? 제3기공이라는 건가?"

"거기 대표 이름이 박제삼이에요."

대번에 왜 상호가 그런지 이해가 된다.

사장 본인의 이름을 걸고 본격적으로 나서보겠다고 했던 것인데 불경기라 망한 것이다.

"아……! 이 공장 직원은 얼마나 되지?"

"사장을 제외하고 열일곱 명이 있어요."

"체불현황은?"

당연히 임금을 못 주고 있을 것이라 예상된 때문이다.

"열다섯 명은 5개월 되었고, 두 명은 1개월이에요."

"같은 직원인데 왜 차이가 있을까?"

"그건… 잠시만요."

도로시는 버퍼링이라도 걸린 듯 아주 잠깐 말을 멈추었다.

*   *   *

"형제네요. 부친이 석 달 전에 신장이식 수술을 받았어요. 사장이 둘의 급여를 주려고 사채를 썼네요. 그리고……"

"흐음……! 알았어, 그만! 거기 뭐하는 업체야?"

"기계류 제작 및 임가공 업체예요."

"잘 됐네! 김승섭 변호사에게 연락해서 부르는 값 다 주고 계약하라고 해. 현금 일시불로 지불하고."

"…네! 알았어요."

"그리고 거기 기계류 일체도 살 수 있으면 사고, 직원들은 가급적 고용승계를 해줘."

"네……?"

Y—그룹에선 직원을 뽑을 때 절대적으로 따지는 몇 가지가 있다. 그런데 묻지도 따지지도 않고 무조건 고용승계를 해주라니 의아한 것이다.

그러거나 말거나 현수의 지시는 이어진다.

"현재의 사장에겐 공장장 자리를 제안해보라고 해."

"…왜요?"

무슨 의도냐는 뜻이다.

"사업도 어려운데 직원 가족의 병원비를 위해 사채를 쓰는 사장이 얼마나 있겠어?"

"아! 네에."

도로시는 대번에 이해했다는 표정이다.

"공장장 연봉은 일단 1억 800만 원으로 책정하고, 직원들 급여는 Y—파이낸스에 준해서 결정하라고 해."

"공장장은 부장급이고 직원들은 사원, 주임, 대리, 과장, 차장의 직급으로 결정하라고요? 기준은요?"

"경력에 따라서 하면 되지. 입사 후 1년까지는 사원, 1년 이상 2년 미만은 주임, 2년 이상 4년 미만은 대리, 4년 이상 7년 미만은 과장, 7년 이상 11년 미만은 차장으로 해."

"연봉은 사원 5,400만 원, 주임 6,000만 원, 대리 6,600만 원, 과장 7,800만 원, 차장 9,000만 원이고, 1년이 지날 때마다 3%씩 얹은 걸로 하면 되죠?"

Y—파이낸스를 기준으로 하니 근로자 20인 미만 소기업 공장근로자의 급여치고는 상당히 센 편이 되었다.

제삼기공 도로 건너편 공장의 경우 일반 근로자의 연봉이 2,400만 원이고, 생산과장 3,600만 원, 관리부장 4,000만 원, 공장장은 5,500만 원이다.

"그래! 일단은 그렇게 해."

Y—PS는 재활용 가능한 디신터봇으로 일본의 돈을 갈퀴로 긁듯 긁어올 예정이다.

겉보기에 그럴 듯한 장치를 만드는 비용이 100만 원이라고 하면 일본에서 받아낼 금액은 최하가 100억 원이다.

이미 상당한 바닷물이 방사능에 오염된 상태라 최하 10,000곳 이상 설치해야 한다고 주장할 예정이다.

100만 원 씩 10,000개면 원가는 100억 원이다. 이걸로 일본에서 받아낼 보수는 100조 원이다.

매년 새 걸로 교체하여야 하고 적어도 10년은 해야 한다고 하면 1,000조 원을 빼앗아 올 수 있다.

일본이 하는 짓이 마음에 안 들면 정화기간을 20년이나 30년으로 늘릴 수도 있을 것이다.

어쨌거나 2015년 12월 19일에 NHK에서 보도한 일본의 2016년 예산은 한화로 945조 원이었다.

1년 예산의 10.6% 정도를 최하 10년간 빼앗을 생각이다.

이 돈 중 일부는 독립운동을 했던 우국지사와 그 후손들을 위한 복리후생비로 지출될 예정이다.

적당한 규모의 주거지를 제공하고, 월 300만 원 정도를 독립운동 감사 지원금 형식으로 지불하면 된다.

국세청에서는 이 돈에서 세금을 떼기가 참으로 난감할 것이다. 서슬 시퍼런 국민들의 시선 때문이다.

남는 돈으로는 장학재단을 만든다.

먼저 취직을 하지 못해 시름에 찬 나날을 보내는 청년실업자들을 대거 고용한다.

다음엔 돈이 없어서 공부하지 못하는 학생들에게 장학금을 지불하거나 과외를 제공할 수 있으니 일석이조이다.

매년 100조 원이면 결코 돈이 부족하진 않을 것이다.

그 전에 Y-PS 직원들에게 빵빵한 월급을 줄 생각이다.

"연구소는 이 근처에 적당한 건물 하나 사서 개조해."

Y—엔터 사옥 근처에도 헐값이 되어버린 매물들이 많다. 그러니 굳이 세를 얻을 필요 없이 매입하라고 한 것이다.

"그럼, 저기 길 건너편 4층짜리 상가건물을 살게요."

현수는 건너편에 누런 타일을 붙인 건물을 보았다. 지은 지 오래되어 다소 낡아 보인다.

"골조만 남기로 리모델링해야겠네."

"네! 그렇게 할게요."

"지하도 있어?"

"네, 지하 1층 지상 4층이에요. 건물 뒤편에 노상 주차장이 있구요. 지하는 82평, 지상은 층별 면적이 56평이에요."

"괜찮네. 지상 2층까지는 현재의 세입자에게 임대 우선권을 주고 3~4층만 Y—PS에서 쓰는 걸로 해."

"임대료나 보증금은요?"

"저 건물 현재 임대료는 얼마지?"

"저기 보이는 1층 미용실은 12평이에요. 보증금은 2,000, 월세는 110만 원이에요. 2층은…, 지하층은……."

도로시의 이야기가 끝나자 현수의 지시가 떨어진다.

"그럼 30평 기준으로 지상 1층은 보증금 1,500에 월 150, 2층은 1,200에 120, 지하는 1,000에 100만 원으로 해. 관리비는 다 똑같이 6만 원으로 하고."

현수의 지시한 것을 비교해 보면 아래와 같다.

지상1층 상가 30평 임대 비교 (VAT포함)		
	현재	매입후
보증금	5,000만 원	1,500만 원
임차료	275만 원	150만 원

보증금은 3분의 1이하이고, 월세는 절반 정도가 된다. 이는 지하층이나 지상 2층도 마찬가지이다.

"알았어요."

"리모델링하면서 간판은 새로 해준다고 해."

"넵! 알겠습니다."

"제삼기공엔 Y—PS 이름으로 나갈 장치를 적당히 설계해서 넘기고, 필요한 물량만큼 제작하도록 해. 이론적 배경은 리모델링이 끝날 때까지 도로시가 만들어놓고."

그럴 듯해야 일본에서도 흥미를 가질 것이기 때문이다.

미래의 기술을 적당히 집어넣되 현재의 기술로 평가할 수 없도록 만들면 된다.

장치를 분해해보면 뭔가 분명히 있는 것 같은데 뭐가 어떻게 작용하는 건지 아리송하게 만들 예정이다.

실제론 현재의 기술로 만들 수 없는 특허도 출원한다. 당연히 핵심은 빠진 것이다.

그럴 듯하게 만들어진 정화장치를 분해하려고 하면 안에

담겨 있던 액체의 용기가 깨지면서 격렬한 반응이 일어나도록 만든다. 산화반응 후 정체를 알 수 없는 기체가 분출되도록 하면 뭔가 싶을 것이다.

일본으로선 하나를 분해할 때마다 100억 원씩 돈을 더 내야 하니 미치고 환장할 노릇이 될 것이다.

"그 전에 일본이 도입할 수밖에 없도록 국제여론을 형성시키는 것도 해야겠지?"

다른 나라들의 시선이 무서워서라도 도입할 수밖에 없도록 하라는 뜻이다.

"네, 걱정 마십시오. 그런 건 식은 죽 먹기입죠."

"참, 장치를 바다에 설치할 때 누가 가지?"

"설치는 신일호 형제들이 가서 하면 되구요. 사후 감시는 위성에서 하면 돼요."

YG—4500시리즈는 경호를 주목적으로 제작되고, 프로그래밍 되어 있으며 무장되어 있다.

때론 핵폭발이나 화산의 분화 같은 예기치 못한 재난을 만날 수도 있다. 하여 경호대상자를 보호하기 위한 정화마법진이 새겨져 있으며 이미 활성화되어 있다.

따라서 방사능으로부터 안전하다.

이런데 위험을 무릅쓸 인원을 구할 필요는 없다.

그래도 맨몸으로 방사능에 오염된 바다에서 설치작업을 한다면 다를 이상하게 생각할 것이 뻔하다.

"그럴 듯하게 보여야 하니까 누가 봐도 방호복이다 싶은 걸 제작하는 것도 잊지 마."

"23세기 우주복 정도면 되지요?"

우주 방사능으로부터 우주인들은 보호하기 위해 고안한 것으로 인체에 해로운 방사능뿐만 아니라 열과 자외선 등 빛까지 차단해 준다.

기압 조절기능이 있어서 −10~100기압에서도 평소처럼 작업이 가능하며, 항온조절기능도 있어서 −200~+300℃의 혹한과 혹서도 능히 견뎌낼 수 있다.

몹시 질기고, 강한 금속재질이지만 혹시 있을지 모를 위험으로부터 안전을 확보하기 위해 4중으로 제작되었다.

다소 무겁다는 게 흠이었다. 이는 무게를 10분의 1로 줄여주는 데시 라이트 마법 한방으로 깨끗이 해결되었다.

어쨌거나 이렇게 하면 일본 벗겨먹기를 해도 아무도 의심치 않을 것이다.

*　　　　*　　　　*

2016년 8월 31일 수요일 오후 5시 25분.

"그래요? 알았습니다. 네, 네! 제가 알아서 처리할 테니 조금만 기다리세요. 그럼요! 네, 연락할게요."

통화를 마치고 사무실로 들어가니 자신의 책상 앞에 앉아 있던 지윤이 눈인사를 한다.

"김 차장님! 천지건설 사옥으로 가봐야 할 것 같아요."

"지금 가실 건가요?"

"네, 후딱 갔다 옵시다."

"알겠어요. 천천히 내려오세요."

말을 마친 김지윤은 소지품을 챙겨 서둘러 내려갔다.

조금만 더 있으면 직장인들 퇴근시간이다. 강변북로와 올림픽대로가 밀리기 전에 후딱 나가야 하는 것이다.

잠시 후, 현수는 검은색 벤츠 S600의 뒷좌석에 앉아 창밖 풍경에 시선을 주고 있다.

올해 초에 퇴직한 천지건설 부사장이 딱 한 번 탔었던 차였다.

그동안은 지윤이 끌고 다녔다. 그래서 손에 익고, 감이 잡혔는지 제법 능숙하게 운전하고 있다.

강변북로로 접어든 차는 원효대교 부근에서부터 가다 서다를 반복하는 중이다. 서둘렀지만 일찍 퇴근한 차량 때문에 통행량이 늘어난 모양이다.

강 건너편 63빌딩에 시선을 주고 있던 현수가 물었다.

"숙소는 괜찮아요?"

"아유! 그럼요. 집이 너무 좋아요. 감사드려요. 거리가 멀어서 출퇴근하기 힘들었거든요."

김지윤의 집은 풍납동이고, 현수는 Y—엔터 사옥에 머물고 있다. 출퇴근하는 데 2시간 이상 걸린다.

하여 인근의 32평 아파트를 배정해 주었다.

Y—파이낸스의 책임자로 내정했는지라 더 넓은 집을 주려 했지만 몹시 부담스러워하며 고사했다.

그래서 제공된 건 32평 형 아파트이다.

동생인 현주는 이 아파트 25층에 머물 예정이고, 현주를 돌 봐주던 김인혜와 강은주는 24층에 살게 된다.

지윤에게 배정된 건 23층이다.

한강이 잘 조망되는 곳이며, 모든 가전제품이 완전하게 갖 춰져 있다.

다른 아파트도 있지만 이곳을 골라준 이유는 막 입주를 시 작한 새 아파트라서가 아니다.

당분간 지윤이 운전기사 노릇을 해야 하니 뚝 떨어져 있는 것보다는 근처에 있는 것이 편해서이다.

또 Y—빌딩이 완공되면 펜트하우스 중 하나를 배정할 생각 이니 당분간 머물 곳이라 생각했기 때문이기도 하다.

현재 현수의 고민은 김지윤에게 무슨 말을 해서 Y—파이낸 스를 맡길까 싶은 것이다.

천지건설 최연소 차장이 되었는데 그만두라고 하면 쉽게 받아들일 것이라 생각되지 않는다.

물론 더 많은 급여와 더 높은 직급을 제안하겠지만 금융에 대해 쥐뿔도 모르니 거절할까 싶어서이기도 하다.

지윤은 사흘 전에 입주했는데 이삿짐은 모친과 부친이 날라주었다. 짐꾼으로 온 게 아니라 하나뿐인 자식이 살게 될 집을 살펴보러 왔던 것이다.

짐이라고 해봐야 이부자리와 옷가지, 책과 화장품, 그리고 약간의 식기가 전부였다. 사과박스로 네 개 정도 되었는데 주말 내내 코빼기도 볼 수 없었다.

쓸고 닦은 뒤 정리를 했다는데 지극히 의아했다.

현수의 지시를 받은 유니콘 아일랜드팀이 구석구석 살펴보고, 청소까지 마쳐놓았기 때문이다.

이는 현수가 살림을 해보지 않아서이다. 혼자 살아도 갖출 건 다 갖춰야 살 수 있다.

화장실엔 휴지뿐만 아니라 세안용품과 목욕용품, 그리고 청소도구가 필요하다. 젖은 바닥 때문에 미끄러지면 부상을 입을 수 있으니 슬리퍼와 매트도 있어야 한다.

주방엔 식기뿐만 아니라 설거지 용품과 각종 양념, 그리고 도마와 식칼 같은 조리도구 등이 필요했다.

침실에는 휴지 및 스탠드 따위가 필요했고, 현관엔 슬리퍼가 필요했으며, 거실엔 걸레도 있어야 한다.

이밖에 드라이버와 망치 같은 공구 등도 필요했다.

김지윤은 처음 해보는 살림인지라 슈퍼마켓을 뻔질나게 드나들어야 했다.

하나 사 오고 나면 또 다른 하나가 필요하다는 것을 깨닫

게 되기 때문이었다.

어쨌거나 이틀 내내 집기배치 및 정리정돈, 그리고 청소를
하곤 곯아떨어졌다. 체력이 약해서가 아니다.

Chapter 08
—
슬슬 걸리는 시동

엘릭서(E-GR) 복용 후 자신의 신체가 최적화되었음을 느끼곤 운동을 시작했다.

매일 강변도로를 10㎞쯤 달린다. 그리곤 유연성을 키우기 위한 수영강습과 필라테스까지 등록했다.

안 하던 운동을 시작한데다, 너무 의욕적으로 달려들어서 피곤이 누적되어 있었던 모양이다.

오늘 아침에도 달리기와 수영을 하고 왔다고 했다. 그래서 그런지 점심을 먹자마자 꾸벅꾸벅 졸았다.

그 모습이 귀엽기도 하고, 애처롭기도 하여 지하 녹음실로 내려가 한참을 있다가 올라왔다.

다이안에게 줄 신곡 악보 및 MR을 전달만하면 되는 일이었지만 일부러 한참을 지체했던 것이다.

올라와 보니 소파에 기댄 채 잠든 지윤을 볼 수 있었고, 자신의 책상 위에는 Y-메디슨 민윤서 부사장이 연락해 달라는 메모지가 붙어 있었다.

현수는 혹시라도 지윤이 깰까 싶어 휴대폰을 들고 복도로 나와 통화를 했다.

Y-그룹 임직원들은 요일별로 현수에게 진척사항을 보고하고 있다. 메디슨은 월요일이고, 어패럴은 화요일, 코스메틱은 수요일, 스틸은 목요일, 에너지는 금요일이다.

Y-메디슨에선 일반의약품보다는 특허권이 풀린 제네릭을 생산할 준비를 하고 있다.

첫 번째는 류머티즘 치료제이다.

미국 얀센의 류머티즘 치료제 '레이케이드' 는 조만간 메사추세츠 주 지방법원에서 특허만료 결정을 받게 될 것이다.

특허권이 풀리는 것이다.

레이케이드는 2014년에만 12조 원 어치나 팔렸고, 미국에서만 5조 4,000억 원어치가 팔린 초대형 바이오 의약품이다.

국내기업 '셀트리온' 에서도 '램시마' 라는 바이오시밀러[15]

---

15) 바이오시밀러(bio-similar) : 오리지널 바이오의약품의 특허 기간이 끝난 뒤 이를 본떠 만든 비슷한 효능의 복제약. 오리지널 의약품과 다른 방식으로 비슷한 성분·함량 등을 유지하여 만들기 때문에 오리지널 의약품에 비해 약값이 저렴하다.

를 판매할 계획이다.

참고로, 셀트리온은 동물세포 대량배양기술을 기반으로 항암제 등 각종 단백질 치료제를 개발하고 생산하는 생명공학 기업이다.

도로시는 현수가 이 기업의 주식 900만 주를 분산 소유하도록 했다. 전체의 71.77%에 해당된다.

언제든 경영권을 가져올 수 있는 지분이다. 하지만 현재의 경영진은 이러한 사실을 모른다.

외국인 지분이 엄청 올라가기는 했지만 거의 전부 1% 미만으로 쪼개어 보유하고 있기 때문이다.

어쨌거나 '안티류머(Anti—Rheuma)'라 이름 붙인 뒤 발매될 이것은 레이케이드나 램시마와 유사한 성분을 가지고 있지만 둘보다 뛰어난 효과를 보이게 될 것이다.

셀트리온은 강직성 척추염 환자 250명과 류머티스 관절염 환자 580명을 대상으로 레이케이드와 램시마에 대한 비교 임상시험을 진행했다.

그 결과 ACR(미국 류머티스학회) 기준으로 램시마를 투약한 환자의 60.9%가 호전되었다.

레이케이드를 투약한 환자는 58.6%가 호전된 것으로 나타났다. 약간이지만 램시마가 더 뛰어나다는 발표이다.

문제는 둘 다 약간의 부작용이 있다는 것이다.

레이케이드의 경우는 백혈구감소증이나 뇌척수 혈관염을

야기시키는 것과 관련이 있는 것으로 의심되고 있다.

'안티류머' 는 미래에 개발될 류머티즘 치료제이다.

하여 강직성 척추염과 류마티스 관절염 환자의 93.7%를 치료해낼 것이다.

나머지 6.3%는 체질적으로 약효를 받지 못하거나 크론병[16], 확장성 심근병증[17], 다발성 경화증[18] 같은 특정질병이 있는 경우이다.

부작용은 당연히 없다.

Y—메디슨에서 동시에 준비하는 약은 대머리들의 염원인 발모제 안티발드(Anti—Bald)이다.

두피에 바르는 게 아니라 복용하는 것으로 두피 모근 세포를 활성화시켜 모발이 자라나게 하는 근본치료제이다.

마치 두피에만 리커버리 마법이 걸린 듯 아무런 부작용 없이 머리카락 숱만 늘어나게 한다.

발매만 되면 국내시장만 1조, 세계시장까지는 100조 원이 넘을 블록버스터급 신약이 될 것이다.

이것에 대한 연구자료와 화학식 등은 모두 갖춰져 있지만 임상시험을 거쳐야 하고, 허가를 받아야 발매할 수 있다.

---

16) 크론병(Crohn's disease) : 입에서 항문까지 소화관 전체에 걸쳐 어느 부위에서든지 발생할 수 있는 만성 염증성 장질환
17) 확장성 심근병증(Dlated cardiomyopathy) : 심장이 확장되면서 심장 기능이 저하되는 일련의 심근 질환군
18) 다발경화증(Multiple sclerosis) : 뇌, 척수, 그리고 시신경을 포함하는 중추신경계에 발생하는 만성 신경면역계 질환

시간이 걸릴 일이다.

이를 위해 Y—메디슨에선 대대적인 시설투자 및 연구인력 확보에 나서고 있다.

가장 먼저 발매될 것으로 여겨졌던 신성한 자비(Divine Mercy)라 이름 붙여진 초강력 진통제 DM이 생산계획에서 뒤로 밀린 이유는 굳이 서두를 필요가 없기 때문이다.

데스봇과 변형 캔서봇으로 인해 죽을 것 같은 고통을 겪는 것은 문제 있는 인생을 살았다는 뜻이다.

기레기 짓을 했거나, 부정부패와 연루, 부당한 일처리 등으로 타인에게 손해를 끼친 놈들만이 겪는 고통이다.

선량하게 살았던 사람 중 아무도 그런 고통을 겪지 않는다. 살아 있으면서 지옥을 느끼라고 투여했는데 서둘러 진통제를 만들어서 통증을 완화시켜줄 이유가 없다.

현수가 돈에 환장한 것도 아니고, 많은 돈을 벌어야 할 이유도 없다.

도로시가 관장하는 'The Bank of Emperor'가 보유한 재산은 184조 551억 달러였다.

지금은 이보다 약간 늘어나 있다.

현재의 자산은 184조 9,855억 달러이다. 현금과 채권, 황금과 확보된 선물의 가치를 합한 금액이다.

참고로, 포브스가 선정한 2016년 세계 최고부자는 마이크로소프트의 빌 게이츠 회장이다.

그의 자산은 750억 달러로 평가되었다. 현수가 좌지우지할
수 있는 돈은 빌게이츠보다 2,466배 이상 많다.

삼성의 이건희 회장은 112위이며, 96억 달러를 가진 것으로
평가되었다.

현수가 운용하는 돈의 1만 9,269분의 1도 못 된다.

이처럼 이전의 세계 최고의 갑부를 우습게 볼 정도의 돈을
좌지우지할 수 있다.

그렇기에 DM의 생산 및 임상시험을 멀찌감치 미뤄놓은 것
이다. 그러는 동안 고통 때문에 자살을 하든 말든 그건 전적
으로 본인의 선택일 뿐이다.

양심의 가책 따위를 느낄 이유는 전혀 없다.

류머티즘과 대머리로 고생하는 사람들이 우선이다. 하여
'안티류머' 와 '안티발드' 를 먼저 생산하려는 것이다.

어쨌거나 Y—메디슨에선 대대적으로 인력확충을 했다.

생산직 사원들도 왕창 뽑아났다.

문제는 이들의 출퇴근이다.

연구직과 생산직을 모두 합치면 약 500명이다. 이들 대부분
매일매일 출퇴근 때문에 고생이라고 한다.

이에 민 부사장은 이들을 위한 숙소가 필요하니 임시 기숙
사를 짓는 게 어떻겠느냐는 의견을 내놓았다.

공장부지가 3만 평으로 늘어난 상태이니 기숙사를 짓고자
마음을 먹으면 가능한 일이긴 하다.

그럴 경우 나중에 추가로 부지를 매입해야 하는데 마땅하지 않을 수도 있다는 것이다.

양쪽 옆엔 잘 가는 다국적제약사 공장이 들어서 있다.

웬만해선 팔지 않을 것이다. 따라서 추가로 공장을 확장하려면 떨어져 있는 곳을 골라야 한다.

그러면 업무 효율이 떨어진다. 하여 현수는 본인이 알아서 해결할 테니 신경 끄라는 내용의 통화를 했다.

그래서 천지건설로 가려는 것이다.

＊　　　＊　　　＊

"아이고, 어서 오시게."

"네! 별일 없으셨죠?"

조인경 과장의 안내를 받아 접견실에 앉아 있으니 신형섭 사장이 들어선다. 화장실을 다녀온 모양이다.

"하하! 그럼, 그럼! 그렇지 않아도 만나자고 하려 했는데 마침 잘 오셨네. 자, 앉으세."

"네? 제게 무슨 용무 있으셨어요?"

"아제르바이잔 건설부에서 연락이 왔네. 대통령 재가와 의회 승인이 떨어졌으니 와서 정식 계약을 하자고……!"

아제르바이잔 다바치주와 하츠마스주에 걸쳐 있는 샤브란 평원에 7,200만㎡ 규모의 신행정도시를 건설하는 일이다.

인구 50만인 분당의 3.6배 규모이니 어마어마하게 큰 공사를 수주하게 된 것이다.

그래서 그런지 신형섭 사장의 얼굴은 상기되어 있었다. 만면에 머금은 미소는 그의 기분을 잘 나타내고 있다.

"와아! 잘되었습니다. 근데 저는 왜……?"

"온 김에 유화단지 건설을 논의해 보자고 했네."

"흐으음!"

현수는 유화단지 건설책임자인 후세인굴르 바기로프 환경천연자원부 장관을 떠올려 보았다.

40대의 잘 생긴 백인이며, 화끈한 성품의 소유자이다. 기면 기고, 아니면 죽어도 아닌 똑 부러지는 강단을 가졌다.

처음 아제르바이잔을 방문했을 때 공항까지 영접을 나와 예우를 갖춰주기도 했다. 고위직 공무원이지만 권위적이지 않았고 누구에게나 친화적인 성품이다.

일함 알리예프 대통령은 2기 고혈압과 고지혈증으로 겪고 있었고, 바기로프 장관은 당뇨병 때문에 고생하고 있었다.

"유화단지 건설도 차관을 요구할 듯 싶네요."

"아마도… 그럴 것이라 생각은 하고 있네. 혹시 여력이 있으신가?"

"공사비에 대해선 들으신 바 없으신가요?"

이미 2년 전에 시작되었어야 할 공사이다.

그럼에도 아직 착공되지 않았다면 과도한 차관 요구가 걸림

돌이었을 것이다.

현수의 기억으론 총 172억 달러짜리 공사이고, 아제르바이잔엔 90억 달러를 차관으로 제공했다.

공사비의 50%가 넘는다.

"그건 도면을 봐야 알겠지. 암튼 자네가 이번 계약의 차관 제공자이니 계약서에 도장도 찍어줘야 하고, 그쪽과 이자율과 상환방법도 확정지어야 하지 않겠나?"

"…그렇겠군요. 알겠습니다. 언제 출발하죠?"

"다음 주 월요일에 출발하세. 수요일에 만나기로 했으니. 항공권은 우리가 알아서 준비해 놓겠네."

"네! 그러시죠."

"자세한 일정은 김지윤 차장을 통해 전달토록 하겠네. 그나저나 우리 김 차장 말이네, 일은 잘하나?"

신협섭 사장의 뒤에는 조인경 과장이 다이어리를 든 채 서 있고, 현수의 뒤에는 김지윤 차장이 비슷한 모습으로 있다. 상사들의 대화 내용을 기록함과 동시에 지시사항을 메모하기 위함일 것이다.

현수는 힐끔 뒤를 바라보며 입을 열었다.

"너무 유능해서 천지건설에서 빼앗고 싶더라구요. 우리 회사로 보내주시렵니까?"

Y-파이낸스 책임자로 점찍었기에 진심을 담은 말이었다. 하지만 신형섭 사장은 농담으로 받아들이는 모양이다.

"하하! 우리 김 차장이 그 정도로 유능한가?"

현수와 지윤은 누가 봐도 선남선녀이다. 특히 지윤은 미모가 만개하는 듯 너무도 아름답다.

미묘하게 뒤틀려있던 모든 것이 바로잡힘과 동시에 얼굴 균형이 완벽해지는 결과이다. 며칠 더 지나면 지금보다 더 아름답다 느껴질 것이다.

피부는 백옥처럼 희고, 로션 하나 발랐을 뿐인데 잡티 하나 보이지 않는다. 만지면 묻어날 듯 투명한 피부는 보습력이 얼마나 뛰어난지 육안으로도 촉촉해 보인다.

눈에 뜨이지는 않지만 머리숱도 엄청 늘었다.

본인이 명퇴 대상자라는 걸 알게 된 이후 스트레스 때문에 많이 빠졌는데 전혀 느끼지 못할 만큼이 되어 있다.

현재 별로 비싸지도 않은 투피스 차림이다.

그럼에도 마치 귀족가의 영애같이 고고하고, 우아하며, 아름답고, 조신하며, 청순하고, 지적이며, 섹시하기까지 하다.

조인경 과장은 인기투표 경쟁 상대였던 김지윤 차장이 이 정도였는가를 곰곰이 생각해 보았다.

'아닌데! 이 정도는 분명 아니었어. 근데 어떻게……? 뭐지? 어떻게 해서 저렇게 되었을까? 흐음! 화장품은 아닌 거 같은데 뭐 좋은 걸 먹나? 뭐지?'

조인경이 기억하는 김지윤은 좌우대칭이 완벽하지 않았다.

고3 시절에 생긴 어금니 충치를 오래도록 치료하지 않아 한

쪽 턱이 더 발달된 때문이다. 하여 좌측에서 보면 절세미인이 지만 우측에서 보면 평범했었다.

이에 비해 본인은 늘 좌우대칭이다.

하여 어느 쪽에서 보나 오똑한 콧날과 긴 속눈썹, 그리고 육감적인 입술을 볼 수 있다. 커다란 눈망울은 보는 사람으로 하여금 시원함을 느끼게 할 정도이다.

마지막으로 매혹적인 눈빛은 마치 밤하늘의 별빛 같이 아름다움을 극한으로 끌어 올리는 화룡점정(畵龍點睛)이다.

*   *   *

솔직히 본인도 자신이 절세미녀라는 걸 인식하고 있다. 매일 거울을 보는데 어찌 모르겠는가!

화장을 할 때마다 나르시시즘[19]에 빠져드는 걸 애써 견뎌 내야 할 정도이다.

다른 여직원들의 선망 어린 시선과 남자 직원들의 늑대 같은 눈길을 내심으론 즐겼다.

천지건설에 입사하여 첫 번째로 배치받은 곳은 기획1팀이었다. 그곳에서 근무하는 동안 발군의 업무능력을 보였기에 주임이 되면서 곧장 대표이사 비서실로 영전되었다.

---

19) 나르시시즘(Narcissism) : 자기애(自己愛). 그리스 신화에서 호수에 비친 자신의 모습을 사랑하다 결국 물에 빠져 죽은 나르키소스(Narcissos) 이야기에서 유래하였다.

천지건설 대표이사 비서실은 기획 1~3팀을 다 합친 것보다도 파워가 세다.

대표이사와 지근거리(至近距離)에 있어서 그런 게 아니다. 발군의 능력자들이 모여서 시너지효과를 내기 때문이다.

비서실로 올라온 후 조인경은 또 한 번 업그레이드되었다.

유능한 선배사원들을 벤치마킹한 결과이다. 하여 대표이사 수행비서 역할을 도맡고 있다. 필요할 때 적절한 조언을 해주는 위치가 된 것이다.

그러는 내내 천지건설의 얼굴 역할을 했다.

입사 2년차 이후 매년 인기투표 1위 자리를 내놓지 않고 장기집권을 하는 중이다.

그럼에도 적이 많지 않은 건 늘 겸손한 태도와 뛰어난 친화력으로 무장되어 있기 때문이다.

업무능력, 미모, 몸매, 학벌 등 모든 것에서 발군이니 콧대가 하늘 높이 치솟아도 시원치 않지만 끝내 자제력을 유지하는 건 침착하고, 고아한 성품 덕이다.

어쨌거나 조인경 과장은 자타가 인정하는 초절정 미녀이다. 그런데 지금은 경국지색 앞에 선 평범녀 같은 기분이다.

김지윤의 물 오른 미모를 인정하지 않을 수 없었던 것이다. 그러고 보니 키도 약간 커진 것 같다.

하여 지윤이 신고 있는 하이힐을 살펴보고 싶었지만 소파 뒤에 있어서 아직은 확인되지 않는다.

'이상하네? 별로 변한 것도 없는 것 같은데 왜 이렇게 예뻐 보이지? 뭐가 어떻게 돼서 이럴까?'

조인경 과장의 상념은 그리 길지 못하였다.

"조 과장! 조과장이 보기에도 김 차장이 유능해 보여?"

전공은 다르지만 조 과장이 서울대와 입사 1년 선배이다.

그리고 대표이사 비서실에 있으면 직원들의 신상명세를 훤히 꿰게 되기에 물은 말이다.

"그럼요! 김 차장님은 아주 유능한 재원이지요. 그래서 입사동기 중에서도 대리 진급이 가장 빨랐습니다."

면전에서 하는 상찬(賞讚)이다. 지윤은 부끄러운 듯 고개를 숙였다. 그런데 그 모습이 몹시 고혹적이었다.

본인의 등 뒤에 있으니 현수는 당연히 못 보았고, 현수에게 시선을 돌리던 신형섭 사장도 보지 못하였다.

다만 조인경 과장만 보았을 뿐인데 순간적으로 심쿵했다. 같은 여자지만 순간적으로 마음이 흔들렸던 것이다.

"아! 그랬나? 하하! 우리가 아주 유능한 재원을 김 전무에게 맡긴 거군."

'대표님에게 전무라니……? 뭐지?'

지윤은 의아한 눈빛으로 신 사장과 현수를 바라보았다. 이게 대체 뭔 소린가 싶었던 것이다.

하지만 둘은 아무렇지도 않은 표정이다. 시선을 들어 조 과장을 보았는데 그녀 역시 표정의 변화가 없다.

'뭐야? 다 알고 나만 모르는 뭔가가 있는 거야?'

여자들 특유의 질투심이 솟구치는 듯 살짝 표정이 변했다.

바람피운 남편을 추궁하기 직전의 아내와 같은 눈빛이다.

"네에, 김 차장님이 너무 유능해서 아주 좋습니다."

"하하! 우리 김 차장이 임무를 잘 수행하고 있나 보네."

말을 끊은 신 사장이 뒤에 있던 조 과장에게 시선을 준다.

"조 과장! 김지윤 차장이 장기 외근을 해서 사업개발부장
이 인사고과를 주기가 어려울 거야."

"네. 아무래도 그렇겠지요."

조인경의 고개가 끄덕여진다.

신 사장의 특명을 받은 이후 김지윤은 회사로 나온 날이
손으로 꼽을 만큼 적다. 신수동 사업부지 확보를 하느라 여념
이 없었던 때문이다.

따라서 개발사업부장은 정당한 인사고과를 매길 수 없다.

늘 본인의 시야 밖에서 있었는데 어찌 정당한 평가를 내릴
수 있었겠는가!

"우리 김 전무가 너무 유능하다고 하였으니 인사부에 일러
서 김 차장 인사고과에 각별히 신경 쓰라고 이르게."

"네! 사장님."

대표이사 비서실에서 직접 콕 찍어서 인사고과를 잘 주라
고 지시하면 인사부장은 S나 A를 주지 않을 수 없을 것이다.

"김 전무가 '아주 유능하다'고 평가했다는 거 잊지 말고!"

인사고과 S를 주라는 뜻이다.

"네! 사장님."

천지건설의 인사고과는 진급 및 보너스와 관련이 있으며 다음과 같은 규정에 따라 운용되고 있다.

등급	포지션	상점(賞點)	보너스
S	상위 1%	+4	본봉의 300%
A	상위 5%	+3	본봉의 200%
B	상위 10%	+2	본봉의 150%
C	상위 20%	+1	본봉의 100%
D	상위 50%	0	본봉의 100%
E	상위 90%	-1	본봉의 75%
F	잔여 10%	-2	본봉의 50%

지각 및 결근 3회가 −1점이고, 업무태만이나 지시불이행도 −1점이다. 이밖에 업무상 실수나, 회사에 손실을 끼쳤을 경우에는 그 정도에 따른 벌점이 주어진다.

대체적으로 +3점이면 무리 없이 진급된다. −5점이 되면 정리해고 대상자가 된다.

지윤은 방금 +4점이 확정되었다.

매년의 점수를 합산하여 부장 진급연한이 되었을 때 +3점 이상이면 무탈하게 진급된다.

아울러 이번부터 본봉의 300%가 보너스로 나온다.

참고로, 천지건설에선 3, 6, 9, 12월에 보너스를 지불한다.

지윤은 9월과 12월에 각각 1,800만 원을 받게 된다.

둘을 합치면 3,600만 원이니 웬만한 중소기업 직장인의 1년 연봉을 보너스로 받게 된다.

현수의 등 뒤에 서 있던 지윤의 교구가 바르르 떨린다.

명예퇴직 대상자가 되어 가슴 졸이던 날이 엊그제 같은데 졸지에 신데렐라가 되었으니 왜 격동하지 않겠는가!

그야말로 빈사지경(瀕死之境)에서 광세기연(曠世奇緣)을 만나 기사회생(起死回生)한 셈이다.

이 모든 게 앞에 앉아 있는 현수의 덕분이다.

'고맙습니다. 대표님! 정말 열심히 할게요.'

김지윤 차장의 그윽하면서도 결의에 찬 시선이 현수에게 향할 때 신 사장의 입이 열린다.

"그나저나 무슨 일로 연락도 안 했는데 회사를 찾으셨나?"

"아! 그건 말이죠."

현수는 잠시 말을 끊었다. 무엇을 어떻게 말을 해야 하나 싶어서이다. 하지만 그 시간은 그리 길지 않았다.

"전에 말씀하시길 화성시 향남읍 신축 아파트 때문에 골치가 아프다고 하셨습니다."

"아! 그거? 그러게 말이네. 워낙 불경기인데다가 위치 선정이 타업체에 비해 불리해서 분양이 지지부진이네."

곧 입주를 시작할 수 있다. 그런데 지독한 불경기인데다가 천지건설보다 입지가 좋은 곳에 먼저 분양한 다른 아파트들이 많아서 골칫덩이로 전락된 상태이다.

그런데 하필이면 이런 때에 코스피와 코스닥 시세가 폭락장에서 헤어나질 못하고 있다.

뿐만 아니라 상장기업들이 보유하고 있던 비업무용 부동산을 일제히 쏟아내면서 부동산 시장이 붕괴되었다.

강남, 서초, 송파구의 아파트, 빌라, 단독주택, 빌딩 대부분이 가격이 40% 이상 하락했음에도 매수세가 전혀 없어 팔리지 않는다.

한창 기세를 올리던 마포와 용산구의 부동산 시장이 싸늘하게 식었다. 금천구와 강북구도 예외는 아니다.

강남 3구는 40%, 마포, 용산구는 35%, 나머지 구는 33%정도 가격이 하락했다.

갭(gap) 투자로 이익을 꾀하던 자들은 그야말로 벼락을 맞은 상태이다. 갑작스레 모든 금융기관들이 금리를 대폭 인상한 결과이다.

하나은행은 2.61%, 신한은행은 2.66%이고 우리와 국민은행의 부동산 담보대출의 금리는 대략 2.7% 수준이다.

스탠다드차타드 SC제일은행과 한국시티은행의 금리는 이보다 약간 낮았다.

그런데 담합이라도 한 듯 모두가 7.5%대로 금리를 상향했다. 이전의 3배 정도가 된 것이다.

지방은행과 저축은행, 그리고 대부업체들은 이게 무슨 상황인지 정보를 얻으려고 총력을 기울이는 중이다.

2011년에 있었던 저축은행 연쇄도산 같은 불행이 올지도 모른다는 불안감 때문이다.

어쨌든 시중은행의 주택담보대출 금리는 7.5%이다. 지방은행과 저축은행은 즉시 15%로 금리를 상향했고, 대부업체의 금리는 최하가 22.5%이다.

금융기관으로부터 돈을 빌려 사업을 확장했거나, 낮은 이자율을 우습게 여겨 흥청망청하던 이들에게 비상이 걸렸다.

이런 상황에 누가 지갑을 열어, 그것도 인기 없는 지방 아파트에 돈을 박아 넣으려 하겠는가!

부동산 투기를 일삼던 세력은 보유하고 있던 은닉자금을 몽땅 잃었고, 적은 돈으로 부동산 투기에 나섰던 이들은 금리가 너무 많이 올라 투자를 망설인다.

하여 부동산 매수세가 현저히 떨어진 것이다. 오히려 보유 부동산을 내놓아야 할 형편이다.

대출이자가 갑자기 세졌기 때문이다.

정부는 즉각 대출 금리를 낮추라고 하였지만 은행들이 말을 듣지 않는다.

국민, 우리, 신한, 하나, 기업은행 등 많은 은행들의 외국인 지분율은 일찌감치 70%를 넘어섰다.

스탠다드차타드와 시티뱅크 또한 다르지 않다.

국내에 상장되어 있지는 않기에 외국에 소재한 본점의 지분 70% 이상이 주인이 바뀌었다.

지분이 상당히 많이 쪼개져 있어서 번거롭기는 했지만 주주들의 위임장을 가진 법률대리인이 국내에 등장했다.

그의 요구는 이자율을 더 많이 높이라 것이었다.

그리고 대출 연장을 해주지 말고 무조건 회수하라는 요구를 했다.

금리가 낮다고 남의 돈으로 흥청망청하는 일부 못된 국민들의 버르장머리를 고칠 심산이다.

은행의 경영진은 이러지도 저러지도 못하는 난관에 봉착되어 있다. 정부의 입김보다 언제든 자신들을 해고할 수 있는 주주들의 의결권이 더 무서운 때문이다.

어쨌거나 은행들이 돈줄을 죄면서 대출조건이 매우 깐깐해졌을 뿐만 아니라 금리도 대폭 상승했다.

담보가 될 부동산의 가치는 하락되었고, 대출이자는 높다. 대출받아 다른 부동산을 사기엔 위험성이 너무 높다.

이전엔 부동산 평가액의 20% 정도만 있으면 나머지 80%는 대출로 해결할 수 있었다.

120억 원의 가치가 있다고 평가된 건물은 매입하는데 24억 원만 있으면 된 것이다. 나머지 96억 원은 대출이다.

지금은 은행의 대출심사가 많이 달라졌다.

현재의 가치가 아니라 5년 후의 예상가치가 기준이 되었고, 그 가격의 25%까지만 대출된다.

현재는 120억 원으로 평가되지만 5년 후 가치가 100억 원으로 판단되면 25억 원만 대출된다.

지금 이 건물을 사려면 현금 95억 원이 필요하다.

이전보다 71억 원이 더 있어야 한다. 이에 투기꾼들은 부동산 투기가 매우 어려워졌다고 투덜댄다.

그러거나 말거나 은행은 원칙에 입각한 대출만 한다.

이전 같으면 고위직 공무원이나 국회의원들의 청탁을 못 이긴 불법대출이 횡행했을 것이다.

하지만 현재는 아니다. 누구든 불법적인 청탁을 하면 바로 다음 날 인터넷에 그 내용이 소상하게 올라간다.

당사자는 아니라고, 음해라고 발뺌을 하지만 미안하게도 모두 녹음된 상태이다. 대출과 관련된 모든 통화나 상담을 녹화 및 녹음하도록 내규가 바뀐 결과이다.

예외는 없다. 하여 불법 청탁자들은 예외 없이 사회적 지위를 잃고 있다.

국회의원은 의원직을 버려야 하고, 공무원은 자발적 퇴직 신청을 해야 한다.

누가, 어디서, 어떤 방법으로 정보를 획득하는지 알 수 없지만 부정청탁자 본인이 저지른 비리사실은 물론이고, 직계가족의 불법행위까지 모조리 공개된다.

예를 들어, 부정청탁자나 그 가족이 혼인 이외의 내연관계가 있다면 둘 사이에 오갔던 문자 메시지와 대화내용이 인터넷에 올려진다. 때론 사진과 동영상도 첨부된다.

빼도 박도 못할 증거라 사회적 파산을 당해 얼굴을 들고 다닐 수 없도록 하는 것이다.

아무튼 실수요자들은 향후 전망만 살피는 중이다. 혹시라도 상투를 잡는 것은 아닌가 하는 불안함 때문일 것이다.

Chapter 09
—
저에게 주십시오

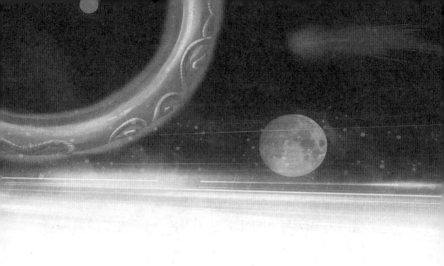

　어쨌거나 천지건설 향남아파트는 18평형 198가구, 25평형 406가구, 32평형 496가구, 45평형은 130가구로 구성되어 있다. 그리고 분양된 건 겨우 14채이다.

　분양팀이 죽을힘을 다해봤지만 별무소용이었던 결과이다. 하여 현재의 분양사무실은 개점휴업 상태이다.

　분양팀도 일부인원만 남기고 본사로 올라와 있다. 아제르바이잔 건이 가시화 되었으니 그에 집중하려는 의도이다.

　"필요해서 그러니 그 아파트들을 제게 일괄분양 해주십사 하려는 말을 하려고 왔습니다."

　"뭐, 뭐라고……? 방금 뭐라 하셨나?"

신형섭 사장은 새끼손가락으로 귓구멍을 후벼본다. 혹시라도 잘못 들은 소린 아닌가 싶은 모양이다.

"1,230가구 전부 다 사겠다고요. 대신 조금 깎아주십시오."

"이번에도 현금 일시불이신가? 달러화로?"

"뭐, 달러를 원하시면 그렇게 해드리죠."

현수가 고개를 끄덕이자 신 사장은 조인경을 조용히 바라본다.

"조 과장! 내 책상 옆 서가에서 현황표 가져다주게."

"네! 사장님."

후다닥 달려가 서가에 꽂혀 있는 여러 파일 중 하나를 고르는 조인경의 손은 바르르 떨리고 있다.

화성 향남아파트의 분양가격은 평당 600만 원으로 책정되어 있다. 물론 회사의 이익이 포함된 금액이다.

(18평×198가구) + (25평×406가구) + (32평×496가구) + (45평×130가구) = 1,230가구 35,436평이다.

평당 600만 원이라면 총 분양가는 2,126억 1,600만 원에 해당된다.

"흐으음!"

신형섭 사장은 현수에게 양해를 구한 후 여러 부서와 통화를 했다. 마지막은 이연서 그룹총괄 회장과의 통화였다.

"1,230가구 모두 분양 가능하네. 아직 보존등기 전이니 아파트명은 직접 지어도 되네."

"네에."

Y-메디슨과 Y-PS의 직원들은 충분히 수용할 수 있게 되었다.

어쩌면 많이 남을 수도 있다는 생각을 하였다.

"분양가는 평당 450만 원만 내시게."

분양가 대비 -25%를 제시한 것이다. 미분양 기간이 길어서 상당히 많은 비용이 소요되었을 것이다.

"그렇게 하면 회사의 손실은 없습니까?"

"…25%라도 할인해서 일괄 분양하는 게 회사에 더 이익이네."

현수는 건설사 마진에 대하여 잘 알고 있다. 하지만 이 대목에서 초를 칠 일은 없다.

"좋습니다. 계약하시죠."

"그러시게. 조 과장은 분양팀장 불러오게."

"네! 사장님."

"김 차장은 개발사업부장을 불러주고."

"네! 사장님."

화성시 향남아파트 역시 개발사업부가 관여되어 있기에 부르는 모양이다.

조인경 과장과 김지윤 차장이 연락을 취하러 자리를 비우자 신 사장이 입을 연다.

"이번 건은 조 과장의 실적으로 잡아주는 건 어떻게 생각하는가?"

"25%나 할인하는데 그게 실적이 되나요?"

"이렇게 분양된 것만으로도 감지덕지일세. 정말로 고맙네."

신형섭 사장이 정중히 고개를 숙인다. 어찌 절을 받고만 있겠는가! 현수 역시 맞절을 하며 슬쩍 물러앉았다.

"자네 덕에 회사가 어려움을 덜자 여기저기서 수군거리는 소리가 있었네."

"……?"

"김 차장과 조 과장이 자네와 연인관계가 아니냐는 헛소문이지. 사람들이 말야, 어려움에서 벗어나니까 그걸 몽땅 잊은 모양이네."

현수는 아무런 대꾸도 하지 않았다.

헛소문이라는 걸 누구보다 잘 알기 때문이고, 사람들의 심리 또한 훤히 꿰고 있기 때문이다.

"김 차장은 자네 곁에 있었으니 모르겠지만 조 과장은 난처한 입장이네. 참, 둘 다 우리 회사 모델이 된 건 아는가?"

"네! 들어오다 광고판 보았습니다."

조인경과 김지윤을 모델로 한 커다란 광고판이다. 촬영 후

보정작업을 거쳐서 그런지 거의 여신(女神)이 내려온 것처럼 보인다.

둘 다 하늘하늘한 의복을 걸친 데다 화려한 티아라(tiara)까지 쓰고 있어서 더욱 그러하다.

"지금부터 하는 말은 전부 내 욕심의 소치이니 끝까지 다 들어보고 의견을 주시게."

"네, 말씀하십시오."

"아제르바이잔 건과 아파트 일괄분양 건을……."

잠시 신 사장의 설명이 이어졌다.

"…그렇게 하면 조 과장 입장에서도 난처하지 않고 좋지 않겠나?"

신 사장은 현수를 넌지시 바라보았다. 다 들었으면 의견을 내달라는 뜻이다.

"저야 뭐 손해 보는 일도 아니니 그렇게 하십시오. 대신 저도 조건이 있습니다."

"조건? 말해보시게."

"저는 현재 천지건설의 임원으로 임명이 되어 있습니까?"

"그럼, 그럼! 샤빈 무스타파예프 건설부 장관과 니야지 사파로프 경제개발부 차관 일행이 왔던 그 다음 날 바로 서류에 올렸네. 대외적으로 발표만 안 했을 뿐이네."

"그런가요?"

"참! 잠깐만 기다리시게."

신 사장은 본인의 책상으로 가서 서랍을 열고 명함 케이스를 들고 왔다.

"자아! 이게 자네 명함이네. 부족하면 언제든 말하시게."

신형섭 사장이 건넨 명함은 다음과 같다.

$$\sum_{k=1}^{\infty} k \quad \text{Cheon Ji Construction Corp.}$$

Senior Managing Director　Heins Kim

Tel : 02-488-0000　ext. 119

Chonhoro 11, Cheon Ji Bldg. 34th floor

Gangdonggu Seoul Korea

천지건설의 로고는 특이하게도 수학과 관련되어 있다.

이것은 1부터 ∞까지의 합을 나타내는 식이다. 이를 계산해 보면 당연히 무한대가 된다.

하나에서 시작하지만 무한대에 이르겠다는 야심찬 기상이 담긴 로고라 할 수 있다.

어쨌거나 영어로만 명기된 걸 보면 아제르바이잔 인사들을 만날 때 쓰라고 뜻으로 만든 모양이다.

34층이니 대표이사실 바로 옆 예전의 기획영업단 사무실로 쓰던 걸 배정해주려는 듯하다.

"전무이사실은 옆에 있네. 그리고 자넨, 이제 우리 회사 사람이네. 하하하하!"

신 사장은 몹시 흡족하다는 표정이다. 마치 고대하던 대어를 낚아 올린 강태공 같다.

"사장님, 거의 모든 회사들이 겸직을 금지하고 있죠?"

"겸직금지……?"

신 사장은 한 번도 생각해 보지 않았던 어휘인 듯 어리둥절한 표정을 짓는다.

"네, 천지건설도 그렇지 않나요?"

"잠시만 기다리시게."

신형섭 사장은 즉각 인사부장에게 전화를 걸어 내용을 확인해 보았다.

"맞네, 그렇다고 하는군."

"그럼 저는 어떻게 되죠? Y—인베스트먼트 등의 대표이니 천지건설 임원 자격이 없는 게 맞죠?"

"흐음! 또 잠시만 기다리시게."

인사부장의 번호를 누른 신 사장은 꽤 길게 통화했다. 그리곤 이연서 총괄회장과도 통화를 했다.

이연서 그룹 총괄회장의 아들인 천지건설 회장은 현재 모종의 사유로 외국에 나가 있으니 배제된 것이다.

"네, 네! 그럼 알겠습니다. 네에, 그럼요, 그럼요!"

통화를 마친 신 사장은 한 건 올렸다는 표정이다.

"회장님께서는 '회사에 득이 된다 판단할 때엔 겸직을 허용한다'로 사규를 고치라 하셨네."

"네? 그럼 저만 겸직이 허용되는 건가요?"

"아니지! 그럼 형평성 문제가 불거질 수 있으니 임직원 모두에게 해당 되네."

"그럼, 회사에 득이 된다는 판단은 누가 어떻게 내리나요?"

"회장님은 등기이사들의 의결이면 된다고 하셨네."

주식회사의 '이사회(理事會)'는 주주총회소집과 대표이사 선임권을 행사한다.

아울러 사업계획수립을 비롯해 주요투자, 채용, 임원인사에 관여하는 등 회사의 경영전반에 걸쳐 중요사항을 의결하는 기구이다.

'등기이사'와 '비등기이사'를 구분하는 기준은 이사회에 참여할 권한 여부이다.

이사회 구성원(등기이사)은 기업경영에서 중요한 의사결정을 하고 그에 대한 법적인 지위와 책임을 갖게 된다.

흔히 칭하는 이사, 전무이사, 상무이사는 회사 내에서의 직급을 나타내주는 것뿐이다.

조금 전, 신형섭 사장은 김지윤 차장과 조인경 과장을 거론했다.

나이에 비해 빠른 승진이 다른 직원들에게 좋은 본보기가 될 수도 있지만 반대로 위화감을 조성하는 일이 될 수도 있다고 하였다.

그러면서 대표이사로서 5,864명이나 되는 임직원 전체를 눈여겨 살펴야 하는 위치인지라 여러모로 고심이 많다고 하였다.

그러던 중 아제르바이잔 건이 확정되었다는 소식을 들었다. 그와 동시에 번쩍이는 아이디어가 솟아났다.

아제르바이잔 신행정도시 건설은 전적으로 현수 덕분에 성사된 일이다.

그쪽 사람들이 제 발로 찾아오기는 했지만 당시의 천지건설로서는 엄두조차 낼 수 없는 공사였다.

한 번도 못 해 본 규모라는 것도 이유이지만 결정적이었던 건, 120억 달러나 되는 차관을 주선할 능력이 전혀 없기 때문이다.

규모 610억 달러짜리 공사지만 사전에 아무런 정보도 없었고, 영업활동도 하지 않았다.

그러다 어느 날 갑자기 글자 그대로 아무런 노력도 없이 거저먹게 되었다.

유동성 위기에 처해 부도에 이은 정리해고와 폐업까지 거론

할 만큼 곤경에 처해 있었다.

그런데 단숨에 탄탄대로를 걷는 주류 건설사로 발돋움할 만큼 막대한 이익이 예상되는 공사이다.

이를 혼자서 하드캐리[20] 한 게 바로 현수이다.

그리고, 그런 현수를 회사로 이끈 장본인이 바로 김지윤이다.

이것만으로도 큰 공이니 또 한 계급을 올려서 부장으로 승진시킬 계획이다.

보직은 전무이사 비서실 소속 외부담당 비서이다. 수행비서를 그럴 듯하게 포장한 직급이다.

그날 현수가 대표이사실로 올라와 통역을 해줄 수 있었던 것은 조인경 과장의 '착오' 덕분이다.

이런 상황을 억지로 꿰어 맞으면 진급대상이라고 할 수도 있겠다.

여기에 미분양 때문에 골치였던 향남아파트까지 일괄분양이 된 걸 조 과장의 실적으로 올릴 생각이다.

이번엔 포상금 내지 격려금은 없다.

아제르바이잔 건은 아직 착공 전이고, 향남 아파트는 현수에게 거의 분양원가에 가까운 금액에 넘기기로 한 때문이다.

---

20) 하드캐리(hard carry) : 게임에서 나온 단어로 팀워크가 중요한 게임에서 팀을 승리로 이끄는 역할을 뜻함.

어쨌거나 아제르바이잔 건과 향남아파트 건을 각각 하나의 실적으로 잡으면 두 계급 승진의 명분이 된다.

조인경 역시 부장으로 승진시킬 요량인 것이다. 이렇게 되면 대표이사 비서실에 있을 수 없다.

인경의 상사였던 과장, 차장, 부장이 불편해할 것이기 때문이다. 하여 전무이사 비서실로 발령 낼 계획이다.

조인경의 보직은 전무이사 비서실 내부담당 비서이다.

외부에선 김지윤이 현수를 보필하고, 내부에선 조인경이 현수의 지시를 받아 각종 업무를 처리하게 된다.

둘의 직급을 동일하게 맞추는 이유는 조인경이 대학과 입사 1년 선배일 뿐만 아니라 나이도 한 살이 많다는 게 작용되었다. 신형섭 사장의 전폭적인 관심도 한몫했다.

"사장님! 이건 비밀인데……."

현수는 나직한 음성으로 Y─파이낸스 설립계획을 이야기해 주었다.

현수가 대표이사직을 맡게 되지만 대부업 법률상 반드시 내국인 업무총괄사용인을 고용해야 하는데 김지윤을 데려다 쓰고 싶다는 내용을 이야기한 것이다.

"그러니 김 차장을 저에게 주십시오."

장인 될 사람을 찾아와 딸을 달라는 듯한 뉘앙스였다.

"허어……!"

신형섭 사장은 혀를 내두르지 않을 수 없었다.

Y—파이낸스의 사업규모와 사업계획을 들었으니 어찌 안 그렇겠는가!

대부업체라면서 1차 자본금만 70억 달러라고 한다. 한화로 무려 8조 2,302억 5,000만 원이다.

다음은 시중은행 자본금 규모이다.

은행명	자본금	기준시점
하나은행	1조 1,474억	2014년
국민은행	2조 219억	2015년
우리은행	3조 3,814억	2016년
신한은행	7조 9,280억	2015년

저축은행도 아닌 대부업체이지만 국민은행, 하나은행, 우리은행의 자본금 합보다도 더 많은 자본금으로 시작한다.

바야흐로 초대형 대부업체가 출연할 예정인 것이다.

*   *   *

"근데 굳이 대부업체를 설립하려는 이유는 뭔가?"

신형섭 사장의 물음은 순수한 호기심 때문이다.

"잘 아시겠지만 대부업체나 저축은행 중에는 일본계 자금이 상당히 많습니다."

2016년 현재, 일본의 예금금리는 거의 제로에 가깝다고 할 수 있다.

고시되어 있는 메이저급 은행의 정기예금 금리가 불과 0.025% 정도이다.

지방의 신용조합은 메이저급 은행금리의 20배라는 광고를 하며 돈을 끌어 모은다.

0.025%의 20배라고 해봐야 겨우 0.5%인데, 그나마 5년짜리 정기예금에 가입을 해야 받을 수 있는 금리이다.

물가상승률을 감암하면 제로금리가 아니라 마이너스 금리라 할 수 있다.

그런 일본 자금이 한국의 저축은행이나 대부업체로 스며들었다. 그리곤 엄청난 수익을 올리는 중이다.

"그래, 그렇단 소리를 들은 적 있는 것 같군."

"Y—파이낸스의 첫 번째 목표는 고금리로 서민들의 고혈을 쥐어짜는 대부업체와 저축은행들의 궤멸입니다."

"모두……?"

"네! 아울러 고금리로 수익을 올리고 있는 카드사들 역시 적절한 제재가 가해져야 합니다."

올해, 카드사와 보험사들은 은행보다 높고. 저축은행이나 대부업체보다 늦은 이자율을 가진 상품으로 내놓았다.

'중금리 대출'이라는 것이 그것이다.

10~15%에 달하니 말만 그럴 듯 할뿐 실제로는 이 역시 서

민들 지갑 쥐어짜기에 일환일 뿐이다.

　제1금융권에서 소외된 신용등급 4~6등급 소비자들을 흡수하는 것이 목표라 하였다.

　대놓고 7등급 이하는 대부업체로 가서 돈을 빌리라는 소리이다.

　"카드사와 보험사까지?"

　"네! 현재 법정 최고이자율이 얼마인지 혹시 아십니까?"

　"알지. 3월부터 34.9%였던 게 27.9%로 내렸지."

　"맞습니다. 나라에서 어려운 서민들을 상대로 고혈을 빨아도 된다고 정해놓은 이자율 치고는 상당히 높지 않습니까?"

　"……!"

　신형섭 사장은 대꾸하지 못했다. 서민이 아니니 그들의 어려움을 헤아릴 수 없기 때문이다.

　"Y―파이낸스는 신용대출위주 영업을 할 예정인데 잠정적인 금리는 연 4.5% 정도로 잡고 있습니다."

　"에? 담보도 없는 신용대출인데 1년에 겨우 4.5%?"

　신 사장은 상당히 놀란 표정이다. 기업을 이끄니 은행 금리 정도는 훤히 꿰고 있기 때문이다.

　참고로, 신용대출 연 4.5%는 천지건설도 받지 못하는 금리이다.

　"네! 모든 대부업체와 저축은행들을 때려잡으려면 그렇게 해야 하지 않겠습니까?"

"끄으응!"

신형섭 사장은 나직한 신음을 냈다.

"그럼 자본금이 금방 다 소진되겠군."

8조 2,302억 5,000만 원으론 부족하다는 말이다.

"사장님은 2016년 현재 가계대출 총액이 얼마나 되는지 아시는지요?"

"글쎄, 그것까지는 잘⋯⋯."

모른다는 뜻이다.

"한국은행 조사에 의하면 지난 3월 말 기준으로 가계대출 총액이 649조 원이라 하더군요."

"희유~! 어마어마하군."

이중 절반 이상이 살고 있는 집을 담보로 잡힌 금액이다. 다시 말해 주거 때문에 빚을 내서 살고 있다.

"Y─파이낸스는 단계적으로 자본금을 100조 원으로 늘릴 수도 있습니다."

"100조 원? 끄응~!"

신 사장은 질린다는 표정이다.

순수 자본금이 이 정도면 겉만 대부업체일 뿐 실제론 거대 은행을 지배하는 공룡이 될 수도 있다.

"그 정도면 적어도 대부업체와 저축은행들은 모조리 고사 시킬 수 있지 않을까요?"

"그, 그렇겠지."

신형섭 사장은 크게 고개를 끄덕였다.

아제르바이잔에 차관으로 제공할 돈만 120억 달러, 14조 1,090억 원이다.

게다가 유니콘 아일랜드와 양평의 땅, 그리고 향남아파트까지 모조리 현금 일시불로 사들이는 막대한 자본력을 가졌으니 거짓말 같지 않기에 기꺼이 동의한 것이다.

"저희 Y-파이낸스는……."

잠시 현수의 말이 이어졌다. 그러다가 자연스레 지점에 관한 말이 나왔다.

지점을 운영하기에 앞서 서울시 준주거지역 100곳에 지하2층, 지상 7층짜리 건물을 짓겠다는 내용이다.

이 공사도 천지건설에서 맡아달라는 말을 들었을 때, 신형섭 사장의 입은 쭉 찢어져 귀까지 올라갔고, 광대뼈는 하늘로 승천했다.

하나당 60억을 잡으면 6,000억 원짜리 공사를 수주하는 셈이니 어찌 안 그렇겠는가!

단 한 푼도 영업비로 쓴 적도 없고, 경쟁상대도 없는 땅 짚고 헤엄치는 공사이다.

현수가 일괄 분양 받겠다는 향남아파트의 3배 정도 되니 약 3,600가구짜리 아파트 단지를 통째로 수주한 것이나 다름없다.

천지건설은 썩어빠진 공무원들을 상대하기 싫어 일체의 관 공사를 수주하지 않고 있다.

여기에 가급적이면 아파트 건설을 지양하라는 총괄회장의 지시가 있었다. 하여 위축될 대로 위축되어 있던 상황이다.

그런데 오늘!

골칫덩이였던 미분양 아파트는 한방에 털었고, 대규모 공사 를 추가로 수주하게 될 상황이다.

"고맙네! 당연히 우리가 맡아서 공사를 해줘야지. 하하 하!"

신형섭 사장은 자꾸 터져 나오는 웃음을 도저히 제어할 수 없었다.

불이 붙어 있으니 휘발유를 확 뿌려줘야 한다.

"Y─빌딩도 염두에 두셔야 합니다. 서울시와는 이야기가 끝났고, 현재 일부 설계변경에 들어간 상황이라는 거 아시죠? 곧 허가가 떨어질 겁니다."

서울시 입장에서는 허가를 내주지 않을 수가 없을 것이 다.

외국자본들이 일제히 한국을 빠져나간 상태에서 거의 유일 하게 장기투자를 하려는 상황이다.

외환수급과 청년실업 해소, 경기부양 등이 맞물려 있는 사업을 깐깐하게 따져서 파토내고 싶진 않을 것이기 때문이 다.

부동산을 개발하여 차익을 얻으려는 것도 아니다.

단 한 평도 분양하지 않는다. 상가와 사무실은 저렴한 가격에 임대하고, 주거시설은 자사 임직원들에게 무상으로 사용토록 한다고 약속하였다.

아울러 적어도 20년 동안은 분양의 '분' 자도 꺼내지 않는다는 걸 공정증서로 작성해주겠다고 하니 시세차익을 노린 개발행위라는 말을 할 수가 없다.

예전 같으면 막대한 시세차익을 노린 외국자본의 농간이라는 기사가 언론에 등장했을 것이다.

다행히도 그런 기사를 쓸 만한 기레기들은 전부 병원에 누워 있다.

비명을 지르고 몸부림치는 것 이외엔 아무것도 할 수 없는 상태가 되어 있다.

병원 신세를 지지 않은 기자들은 맡은 바 소임에 적합하니 쓰레기 같은 기사를 쓰지 않는 것이다.

하여 비교적 순조롭게 허가절차가 이행될 예정이다.

어쨌거나 Y—빌딩 신축에 관한 내용은 매일 김지윤 차장으로부터 보고를 받고 있다.

"아! 그럼, 그럼! 당연히 알지. 아암, 잘 알고 말고."

아제르바이잔 공사가 71조 7,200억 원쯤 되고, Y—빌딩 공사는 4조 7,250억 원 정도로 예상된다.

여기에 Y—파이낸스 공사 6,000억 원이 더 있다.

게다가 이번 출장에서 아제르바이잔 유화단지 건설까지 수주할 확률이 높다.

지금껏 조사한 바에 의하면 차관제공자를 구하지 못해서 아무도 수주할 수 없었던 일이다.

현수가 충분히 해결해줄 수 있으니 전망이 밝다.

어쨌거나 유화단지 건설공사는 2년 전에 산출된 견적금액이 172억 달러였다.

인플레이션이 되었으니 이보다 약간 많은 180억 달러 남짓으로 결정될 것으로 예상된다.

한화로는 21조 1,630억 원 정도이다.

이것만으로도 총 98조 2,080억 원이다. 이 정도면 최고의 건설사라 자부해도 될 것이다.

신 사장이 금액을 계산하고 있을 때 현수의 뇌리로 스치는 상념이 있었다.

'흐음! 잉가댐 공사는 어떻게 되었을까?'

문득 콩고민주공화국이 떠올랐다. 납작하고 옆으로 퍼진 코를 가진 내무장관은 아직도 잘 있나 싶다.

'가만 가에탄 카구지의 막내아들 제프가 급성 림프모구 백혈병에 걸렸었는데 어떻게 되었지?'

현수의 생각을 읽은 도로시가 즉각 대꾸한다.

'제프 카구지는 현재 미국 필라델피아 어린이 병원에서 연

명치료[21] 중이에요. 의료기록을 검토한 결과 생명이 얼마 남지 않았어요.'

'그래……? 안타깝네. 그럼, 잉가댐 건설공사는?'

'2013년 2월에 지나의 건설사가 수주했었는데 그해 6월에 공사를 포기했어요.'

'왜……?'

'반군들과의 교전 때문이에요. 현재 그 지역은 치열한 접전지역이라 공사를 할 수 없어요.'

'그런다고 지나놈들이 공사를 포기했다고? 안 믿겨지네.'

'잠시만요!'

도로시는 잠시 말을 끊었다. 약 3초정도 된다.

'지나놈들이 반군과 손을 잡았네요. 군사고문도 파견했고, 상당량의 무기도 몰래 반입해서 공급했어요.'

'군사고문으로도 모자라서 무기까지?'

'네! 미국의 M16을 카피한 CQ소총과 UH—60을 카피한 하얼빈 Z—20 헬기, 그리고 미국의 FGM—148 제블린 대전차포를 베낀 홍젠—12 적궁(赤弓) 등을 공급했어요.'

'어디로?'

콩고민주공화국의 항구는 마타디항 하나뿐이라 해도 과언이 아니다. 그리고 아프리카의 가난한 나라지만 반군에게 정

---

21) 연명치료 : 심각한 사고나 여타의 원인으로 산소 호흡기 등의 보조 장비가 없으면 생명을 유지할 수 없는 경우에 목숨을 연명할 수 있도록 도와주는 치료

부군을 공격할 무기가 공급될 정도로 허술하진 않다.

'영토 동쪽에 위치한 탄자니아를 거쳐 킬레미 지역으로 반입되었어요.'

'확실해?'

'네! 지나 국안부 백업자료에 그렇게 기록되어 있어요.'

'지나놈들은 이득이 없으면 그런 짓을 안 할 텐데.'

'그럼요, 그런 놈들이죠. 현재는 북동부 접경지대 인근에서 금광개발을 하고 있네요.'

콩고민주공화국 북동부 금광지대라면 '니앙가라' 와 '이시로' 를 말하는 것이다.

'으잉? 거긴 금 함유량이 상당히 떨어져서 채산성이 별로였던 곳 아니었나?'

'맞아요! 처음에는 대박인 것 같지만 점점 별로여서 투자금액 대비 경제성은 확 떨어지는 곳이죠.'

'그런 줄 모르고 지나놈들이 반군과 손을 잡았다고?'

'지나인들이잖아요. 자신의 이익을 위해서라면 못할 짓이 없는……!'

반군과 손을 잡았다면 정부군이 발주한 잉가댐 공사를 포기하는 것이 맞다.

지나와 콩고민주공화국은 물리적으로 상당히 먼 거리에 놓여 있다.

지나의 군사력이 제대로 능력발휘를 못하는 곳이다. 따라서 반군과 손을 잡았다는 사실이 알려지면 지나 건설사 직원들은 모조리 사형이다.

그러니 잉가댐 공사를 포기한 모양이다.

'그래? 흐으음… 혹시 모켈레 무벰베가 있나 알 수 있어?'

'잠시만요!'

도로시는 위성을 작동시켜 콩고민주공화국 전체를 훑었다.

'아, 배설물 흔적이 있어요! 잠시만요.'

도로시의 잠시는 불과 2~3초이다.

'모켈레 무벰베, 아직 살아 있는 것 같아요.'

'그래? 잉가댐 현장에선 멀리 떨어져 있나?'

'지금은 약 50㎞ 거리에 있어요.'

이 정도면 총을 쏴도 소리가 들리지 않을 거리이다.

잉가댐 건설현장 인근은 울창한 밀림지대라 소리가 멀리 번지지 않기 때문이다.

'알았어. 제프에 대해 더 자세히 알아봐.'

'제프는 필라델피아 어린이 병원에서 여러 신약을 투약받았어요.'

'여러 신약?'

'네! FDA 승인이 나지 않은 신약의 임상까지 응했네요.'

'연명치료 중이라 함은 효과가 없었다는 거지?'

'맞습니다. 의무기록으로 미루어 짐작해 보면 부작용 때문에 오히려 수명이 줄어들었어요.'

'흐음! 아직 어릴 텐데.'

'폐하! 바이롯 원본 데이터 잃어버린 것 아시죠? 아제르바이잔에 가셨다가 콩고민주공화국을 방문해 보시길 권해요.'

Chapter 10

—

자아, 이거 받으시게!

바이롯은 밤이 두렵거나, 침실의 황제가 되고 싶어 하는 사내들에게 자신감을 부여해 주는 '혈기왕성정력제'로 판매되었다.

비교대상이나 경쟁상대, 그리고 부작용이 없었으므로 수익금이 그야말로 무지막지했었다.

이실리프 제국을 건국하는 동안 너무 일이 많았다.

하여 어느 정도 성장하자 바이롯 재배를 담당자에게 일임했었다. 그러던 어느 해에 누군가의 실수로 바이롯 유전자에 문제가 발생되었다.

일종의 질병이 번진 것이다.

그런 상태로 20여 년이 흘렀고, 어느 날 바이롯 연구소에 화재가 발생되어 기존의 데이터를 몽땅 잃어버렸다.

만일을 대비한 자료를 별도의 서버에 백업해둔 게 있었는데 그것까지 못 쓰게 되었다. 그 후 바이롯을 되살려보려는 노력이 있었지만 끝내 실패했다.

다른 이들에겐 바이롯이 절실할지 몰라도 현수에겐 불필요한 것이다. 왕성한 정력과 지칠 줄 모르는 스태미나(stamina)를 모두 갖추고 있기 때문이다.

이때는 다른 급선무가 많을 때였기에 자연스레 관심 밖으로 밀려났다. 대신 일부 과학자들의 노력에 의해 비슷한 물질을 만들어내기는 했었다.

문제는 부작용이다. 발기부전 문제는 완전히 제어했지만 한 번 사용하면 진이 완전히 빠질 때까지 죽어라 허리를 흔들어야 하는 문제가 있었던 것이다.

어쨌거나 이때의 현수는 화성 등 외계행성으로의 이주를 위한 준비를 하느라 여념이 없었다. 하여 지금껏 잊고 있었는데 방금 도로시가 상기시켜 준 것이다.

'알았어. 한번 찾아가 볼게.'

도로시와의 대화를 마칠 때 조인경 과장이 들어선다.

"사장님 여기 있습니다."

"그래."

신 사장은 잠시 서류를 살피다가 현수에게 돌려서 건넨다.

표지를 넘기자 원가표가 붙어 있다. 다시 말해 향남아파트를 짓느라 든 돈의 내역을 고스란히 보여준 것이다.

"확인해보니 14가구도 허위계약이었다고 하네. 1,230가구 전부를 넘기겠네. 가격은 1,594억 6,200만 원이네."

531억 5,400만 원을 깎은 셈이다.

"…좋습니다. 계약하시죠. 근데 너무 싸게 넘기시는 거 아닌가요?"

건설원가를 대강은 짐작하기에 한 말이다.

"회사의 골칫덩이를 치워주는 것만으로도 고맙네."

이익을 생각하지 않았다는 뜻이다.

"돈은 오늘 지급하지만 등기는 천천히 넘겨받겠습니다."

"……?"

"아직 설립하지 못한 법인도 있고, 기 설립된 법인은 자본금 규모를 늘려야 해서요."

"아! 알겠네, 그건 편한 대로 하시게."

현수는 신 사장의 좌측 뒤편에 서 있던 조인경에게 시선을 주었다.

"조 과장님, 오늘 환율이 얼만지 확인해 주시겠어요?"

"네에, 잠시만요."

조인경은 달러당 1,092.30원으로 계산된 금액을 보여주었다. 슈퍼노트 때문에 환율이 변동된 모양이다.

1억 4,598만 7,366달러 10센트이다.

현수는 전화기를 꺼내 들곤 단축다이얼을 길게 눌렀다.

"도로시? …그래, 별일 없지? … 그래, 그래. … 전에 송금했던 계좌번호 있지? … 그래, 천지건설! … 그래! 그 계좌로 돈을 송금해 줘…."

잠시 말을 끊고는 신형섭에게 시선을 주었다.

"사장님! 천지건설 계좌로 보내 드릴까요?"

"아, 달러로 보내는 거지? 잠깐만 기다리시게."

신형섭 사장은 늘 달러가 필요한 천지정유 대표이사에게 전화를 걸어 몇 가지를 물었다. 그리곤 그쪽 계좌번호를 메모지에 적어서 보여주었다.

"도로시! 계좌가 바뀌었어. … 그래, 그래! 불러주는 계좌로 1억 4,600만 달러를 송금해 보내. … 응! 방법은 전과 동일해. … 그래! 그 방법으로…! 계좌번호는……."

왕창 깎아주었는데 금액에 딱 맞춰주는 건 정(情)이 없다. 하여 10만 자리에서 반올림한 금액을 보내라 한 것이다.

통화를 마칠 때 개발사업부 이영서 부장과 김지윤 차장이 들어왔다. 현수를 보자 곧바로 고개 숙여 예를 갖춘다.

"아, 하인스 킴 대표님! 안녕하십니까?"

"네에, 이영서 부장님! 반갑습니다. 잘 계셨죠?"

"아, 네에, 그럼요! 그럼요."

이영서 부장은 현수 덕분에 받은 포상금으로 아파트 대출 잔액 1억 9,500만 원을 모두 상환했다.

그 직후 금리가 왕창 올라서 다들 이자 내는 걸 버거워하는데 이 부장네 집은 그랬을 돈으로 외식을 한다.

다 현수 덕분이다. 어찌 고맙지 않겠는가! 그래서 그런지 지극히 저자세이다. 이를 본 신 사장이 한마디 한다.

"이 부장!"

"네, 사장님."

"향남 아파트도 일괄 분양되었네."

"네에? 어, 어떻게요?"

몹시 놀란 표정으로 이리저리 눈알을 돌린다.

웬만해서 해결될 기미가 보이지 않는 골칫덩이라는 걸 누구보다도 잘 알기 때문이다.

공정률은 99.2%에 이르렀다. 이제 나흘만 지나면 공사 끝이다. 그럼에도 1,230세대 중 겨우 14세대만 계약되었다.

세대별 계약금은 꼴랑 100만 원 안팎이다. 직원들이 임의로 잡은 가라[22] 계약이라는 뜻이다.

실질적으론 완공에 이르도록 단 한 채도 분양되지 않은 것이다. 며칠이 지나 완공이 되면 대한민국 아파트 건설 역사상 가장 치욕적인 분양실적으로 기록될 것이다

하여 주말을 집에서 보내도 은근히 더부룩했다.

전적으로 개발사업부 책임은 아니지만 어느 정도는 발을

---

22) 가라 : 일본어 '空(から)' 에서 유래한 말로 거짓, 가짜, 허위의 의미로 사용되는 은어.

걸쳐놓은 입장이기 때문이다.

처음 계획되었을 때 입지를 선정한 곳이 개발사업부였다.

이쪽 땅값이 다른 곳보다 낮은데다 도로진입도 쉽다고 판단했던 것이다. 결과는 다른 회사 아파트들의 승리였다.

어쨌거나 이영서 부장의 시선은 신형섭 사장의 시선을 따라 현수에게 향했다.

"에에? 이번에도요?"

"그래! 우리 하인스 킴 대표가 큰마음을 먹고 우리의 어려움을 또 헤아려주셨지."

"아! 감사합니다. 정말 감사합니다."

이영서 부장은 허리가 부러져라 굽실거렸다.

정말로 깊은 감사의 의미가 담겨 있었기에 만류하지 않고 웃으며 바라보았다. 이제 두 발 뻗고 잘 수 있을 것이라 생각해서 그런지 이 부장의 혈색은 대번에 좋아진다.

"다 필요해서 사는 건데요 뭘!"

현수가 대답할 때 신형섭 사장의 휴대폰이 진동한다. 신 사장은 문자를 확인하곤 이 부장에게 다시 시선을 준다.

"자금부장의 메시지이네. 분양대금 1억 4,600만 달러 전액이 입금되었다고……. 이 부장! 분양팀장이 출장 중이니 자네가 계약서를 챙겨 오게."

"네! 사장님."

이 부장은 벌겋게 상기된 표정으로 나갔다. 한때의 상사여서 그런지 김지윤 차장까지 따라 나선다.

이로서 Y—메디슨과 Y—정화시스템 임직원들의 거처는 당분간 걱정하지 않아도 된다.

메디슨은 인원이 계속 늘어날 것이니 1,200가구를 사용하고 정화시스템에서 30가구를 쓰면 될 것이다.

아파트 명은 'Y—아파트'로 명명할 예정이다.

'도로시!'

'네! 폐하.'

'1,200가구는 메디슨 명의로 하고, 30가구는 PS명의로 하는 거 잊지 마. 자본금 증액도 신경 쓰고.'

Y—메디슨은 부동산 매입비용으로 1억 4,200만 달러 이상을 지출해야 함을 주지시킨 것이다.

"계약서가 오려면 제법 시간이 걸릴 테니 자네 사무실 구경이나 한번 해보시게."

"제 사무실이요? 벌써 준비되어 있는 건가요?"

"그럼! 유니콘 아일랜드 팀에서 그야말로 심혈을 기울였으니 마음에 들 걸세. 자네 방은 3403호네."

"3403호요."

"3404호는 전무이사 비서실이네. 당분간은 조인경 과장이 비서실을 컨트롤할 걸세. 마음에 드는 인원이 있으면 두 명 더 차출해서 쓰시게."

"비서가 4명이나 되는 건가요?"

"이사는 1명, 상무는 2명, 전무는 4명, 부사장은 6명, 대표이사는 8명이네."

"그렇군요."

현수는 고개를 끄덕였다.

비서가 많은 건 젊고 예쁜 비서를 뽑아놓고 얼굴과 몸매를 감상하라는 것이 아니라는 것을 깨달은 것이다.

비서가 많다 함은 직급이 높아지는 만큼 처리해야 할 업무가 늘어난다는 뜻이다.

예를 들어, 영업부장은 이미 만들어진 물건을 어떻게 하면 더 많이 팔까만 고민하면 된다. 딱 한 가지 고민이다.

자금부장은 자금수급과 운용에만 신경 쓴다. 분양팀장은 오로지 분양만 관심 가지면 된다. 그래서 비서가 없다.

이사들은 대개 한두 개 부서를 통합 관리한다.

예를 들어, 영업이사는 국내영업부와 해외영업부의 움직임만 잘 살피면 된다.

비서 한 명만 있으면 충분히 감당할 수 있다.

이보다 높은 직급인 상무는 대개 4개 부서를 관장한다.

전무는 8개 부서이고, 공석으로 비어 있는 부사장은 16개 부서를 아울렀었다. 대표이사는 당연히 모든 부서를 다 속속들이 파악하고 있어야 한다.

이사 이상인 자들은 경영자의 하나이니 회사를 위한 새로운 먹거리를 기획해야 한다.

또한, 각 부서에서 기안된 사안은 일일이, 세세히, 신중히 검토한 뒤 승인 또는 반려해야 한다.

직원들 입장에선 연말 성과급과 본인의 인사고과가 달려 있으니 많은 기안을 올릴 수밖에 없다. 하여 거의 매일 결재판에 끼워진 기안들이 결재권자의 사인을 기다린다.

차장, 부장 선에서 1차로 걸러진 채 올라오지만 직원 수가 워낙 많으니 당연히 비서의 숫자도 늘어나는 것이다.

"차는 현재 쓰는 걸 그대로 쓰시게. 부사장 자리가 공석이니 차순위인 전무이사가 쓰는 게 맞네."

"네, 알겠습니다."

현수는 이제 겨우 스물다섯 살로 보이는 얼굴이다. 운전을 하는 김지윤도 지금은 이 정도 나이로 보인다.

차츰 더 어린 얼굴이 되어갈 것이며, 최종적으로는 스물두 살 정도로 굳어지게 될 것이다.

이는 엘릭서를 복용한 결과이다.

운전석에 지윤이 앉고, 뒷좌석에 현수가 앉는다면 누가 봐도 언밸런스하다고 느낄 것이다. 그러기엔 마이바흐가 너무 중후한 느낌을 주기 때문이다.

하여 사양을 하려다가 그러지 않았다.

새 차를 요구하면 비싼 마이바흐가 주차장에 처박혀 있어야 하는 신세가 됨을 알기 때문이다.

"알겠습니다. 구경하고 오죠."

"비번은 자네 생일이네. 0928!"

대표이사실의 출입구 비번은 1114이다. 신형섭 사장의 생일이 11월 14일이라 그렇다.

직원들로 하여금 상사의 생일을 잊지 말라는 의도인지는 몰라도 왠지 꺼려진다.

개인정보가 노출되는 셈이기 때문이고, 이런 규칙을 아는 사람이라면 언제든 무단침입이 가능하기 때문이다.

"네! 알겠습니다."

대표이사 실을 나선 현수는 3403호로 향하였다.

출입구 문부터가 여느 사무실과 달리 중후했다. 문을 열고 들어서니 탁 트인 한강의 전망이 눈에 뜨인다.

강 건너 워커힐 호텔도 보인다. 왠지 눈에 익었다. 아주 오래전에 워커힐 인근 우미내 마을에 살아서 그러하다.

"아! 오래간만이네."

그러고 보니 전무이사실은 예전의 영업기획단 사무실 바로 그 자리였다.

안에는 반원형 탁자가 놓여 있고, 여덟 개의 의자가 배치되어 있다. 벽면엔 스크린 장치가 있고, 천장엔 빔 프로젝터가 매달려 있다.

안쪽 문을 열어보니 기역자로 꺾인 책상 안쪽에 중후한 의자가 놓여 있다. 건물이 코너인지라 두 면의 유리창을 통해 창밖 풍광을 즐길 수 있는 위치이다.

이곳이 바로 전무이사 집무실이다.

또 다른 문이 있어 열어보니 경의실과 샤워실, 그리고 욕조까지 갖춰진 전용 화장실이 있다.

이보다 더 안쪽엔 작은 침실이 있다. 일하다 졸리면 수면을 취하라는 의도에서 마련된 듯싶다.

＊   ＊   ＊

전무실은 신 사장의 사무실보다 인테리어적인 측면에서 훨씬 더 뛰어나다. 새로 공사를 해서가 아니다.

더 세련되었고, 더 중후했으며, 더 깔끔하고, 더 직관적인 디자인이 적용된 결과이다.

과연 유니콘 아일랜드 팀다운 결과물이다.

이 팀과 처음 만났을 때 현수는 앞으로의 포부를 밝혔고, 준비했던 USB를 넘겼다.

미래에 각광받았던 인테리어 디자인 200만 건이 들어 있는 것이다. 각각엔 어떤 소재를 사용하였으며, 어떤 방법으로 시공했는지 상세하게 기록된 시방서가 첨부되어 있다.

이를 살펴본 유니콘 아일랜드의 장인들은 마치 심 봉사가 개안하듯 디자인에 대한 감각이 최소 두세 단계는 업그레이드되었다. 그 결과물이 바로 전무실 인테리어이다.

이를 본 신형섭 사장은 두 번이나 놀랐는데 평생을 건설업에 몸담았고, 고위 임원으로서 온갖 곳을 다 가 보았음에도 입이 딱 벌어진 것이 첫 번째이다.

두 번째는 생각보다 훨씬 저렴한 시공비였다. 자신이 생각했던 비용의 절반에도 못 미치는 비용만 들었던 것이다.

"괜찮네."

황제 집무실에 비하면 소박하지만 일반적인 사무실치고는 제대로 솜씨를 부린 듯했다.

본인의 집무실을 모두 살피고 나오려는데 문 하나가 또 보인다. 전무실 입구 쪽에 있으니 비서실인 듯 싶다.

문을 열어보니 예상대로 비서실이 맞다. 네 개의 책상과 한 조의 소파와 책장이 있다.

파티션으로 가려진 곳엔 냉장고와 냉온수기, 커피포트 등이 갖춰져 있다. 탕비실이라는 뜻이다.

혹시나 해서 냉장고를 열어보니 여러 음료가 가지런히 정렬되어 있다. 싱크장엔 커피잔 세트와 다구들이 있고, 한쪽엔 커피, 녹차, 보이차, 홍차 등이 갖춰져 있다. 뿐만 아니라 차와 함께 할 쿠키나 견과류 등도 완비되어 있다.

문이 하나 더 있어서 열어보니 비서실 전용 화장실인 듯했다. 샤워실과 경의실도 있었다.

일일이 안을 들여다보곤 한마디 했다.

"괜찮네."

네 개의 붙박이장 사물함은 세심한 배려가 엿보였다.

전무실과 부속실인 비서실을 합한 면적은 약 80평이나 된다. 회사에서 배려하고 신경 쓴 티가 난다.

"흐음! 괜찮네."

집무실 회전의자에 앉아 잠시 창밖 풍광에 시선을 주었다. 유유히 흐르는 한강과 건너편의 아차산을 잠시 바라보았다.

이곳으로 온 첫날 이후 이렇게 산을 구경하는 건 처음이나 다름없는 것 같았다.

'폐하! Y─엔터 조연 지사장의 전화가 걸려 왔어요.'

'그래? 그럼 연결해.'

'넵!'

현수는 손으로 귓불을 살짝 만졌다. 만능제작기로 만든 미래기술이 적용된 음성전송시스템을 가동시킨 것이다.

사람들의 눈에는 보이지 않는 투명한 내장 이어폰이다.

"조 지사장님?"

"아, 네에! 연결되었군요. 조연입니다."

"그래요! 뭐 급한 일이 있나 봐요."

"전에 말씀드렸던 'DK 엔터테인먼트'와 '연예기획사 C&R'의 흡수합병이 완료되었음을 보고드리려구요."

"아! 그래요? 별 무리는 없었겠지요?"

"그럼요! 순조롭게 마쳐졌습니다."

두 회사의 경영진들은 모조리 검찰에 잡혀간 상태라 회사가 제대로 운영되기 않았다. 궁여지책으로 주주들이 나서봤지만 경험 부족으로 쓴맛만 보았을 뿐이다.

그러는 사이에 주가 대폭락 사건이 빚어졌다.

도로시는 시중에 나와 있는 모든 주식들을 사들였다.

성상납 폭로사건 이전 가격의 20%도 안 될 만큼 헐값이라 돈은 얼마 들지 않았다.

현수에게 거액을 요구했던 비상경영 중인 주주들은 백기를 들고 투항해서 모든 주식을 넘겼다.

은행에서 대출기한 연장 불허와 회수를 통보한 결과이다.

놔둬봤자 밑도 못 닦을 휴지가 될 것이 뻔했으니 몇 푼이라도 건지려 한 것이다. 어쨌거나 'DK 엔터테인먼트'와 '연예기획사 C&R'은 Y—엔터에 흡수 합병되었다.

"이젠 보유한 아티스트들이 많으니 방송국에 힘 좀 쓰시겠네요."

지난 4월에 조 지사장으로부터 들었던 이야기가 생각나서 한 말이다.

"네! 다 대표님 덕분입니다. 하하하!"

"알겠습니다. 또 다른 용무가 있으신지요?"

"네! 하나 더 말씀드릴 게 있습니다."

"하세요."

"현 정부엔 연예인 블랙리스트가 있다고 합니다."

"연예인 블랙리스트요?"

"네! 현 정권을 비판하는 문화예술인들에게 불이익을 줄 목적으로 작성된 거라고 합니다."

참으로 한심한 정권이라는 생각이 들었지만 입 밖으로 내뱉지는 않았다.

"…그래요? 그래서요?"

"중소연예기획사 소속으로 데뷔앨범은 냈지만 정권에 밉보여 해체된 걸 그룹이 하나 있습니다."

"……!"

현수는 일일이 대꾸하지 않고 이야기를 들었다.

2015년에 데뷔한 5인조 걸 그룹에 관한 이야기였다.

춤과 가창력이 모두 뛰어나 실력파 걸 그룹으로 소개되었는데 데뷔앨범에 실린 곡이 현 정권의 실책을 풍자한다 하여 방송출연 등의 불이익을 당했다.

다시 말해 벌어먹고 살 길을 권력으로 막아버렸다.

이 그룹은 1개의 M/V, 2번의 방송활동, 3번의 길거리 공연, 그리고 2개의 안무 동영상만 남긴 채 무대에서 멀어졌다.

소속사는 데뷔 2개월 만에 손을 들어버렸다.

금적적인 이유도 있었겠지만 현 정권이 주는 치사한 압박과 불이익 때문이었을 것이다.

하필이면 이때 멤버 중 하나가 병으로 입원했다. 치료를 목적으로 탈퇴하자 다른 멤버들도 다 같이 그만두었다.

그 후 자연스레 해체되었다.

일부 멤버는 다른 기획사의 문을 두드렸다.

실력을 인정받아 기획사를 옮기는 데는 성공했지만 데뷔기회는 얻지 못하였다.

이후 지지부진한 상태로 이런 저런 오디션장에 얼굴을 내밀고는 있지만 성과 없이 시들고 있는 중이다.

조 지사장은 이들의 실력이 아까우니 Y—엔터에서 품었으면 좋겠다는 뜻으로 전화를 한 것이다.

"지사장님! 아티스트에 관한 건 조 지사장님이 단독으로 결정하셔도 되요. 이렇게 일일이 의논 안 하셔도 됩니다."

"네! 그건 전에도 그렇게 말씀하셔서 잘 알고 있습니다."

"근데 왜……?"

"대표님! 애들 진짜 실력 좋습니다. 곡 하나만 주십시오."

"끄응……!"

진짜 목적은 현수가 작곡한 걸 받고 싶다는 것이다.

"좋아요! 그 친구들 팀명과 발표했던 곡의 제목을 문자로 찍어주세요. 한번 들어볼게요."

"아이고, 감사합니다. 정말 감사합니다."

조 지사장은 얼른 전화를 끊었다. 그리곤 문제가 되었던 곡의 제목을 문자로 보내주었다.

팀명 : 플로렌(Floren)

곡명 : L U X (라틴어 '빛')

'플로렌?'

현수가 고개를 갸웃거리자 기다렸다는 듯 도로시의 보고가 이어진다.

'자료를 찾아보니까… 영국의 간호사 플로렌스 나이팅게일(Florence Nightingale)의 이름에서 따온 명칭이네요.'

'음악계의 간호사가 되겠다는 건가?'

'나이팅게일은 크림전쟁 중 이스탄불에서 야전병원장으로 활약했어요. 병원과 의료제도의 개혁자였지요.'

'흐음! 음악계의 개혁자가 되고 싶었나 보군.'

'맞아요. 그래서 플로렌은 여타 걸 그룹과 달리 독특한 로고를 썼지요.'

'그런 것도 있었어?'

'네! 크림전쟁(Crimean War)은 아시죠?'

'그럼! 1853년부터 3년간 제정러시아가 오스만 투르크[23] 연합군과 크림반도를 둘러싸고 벌인 전쟁이잖아.'

'그럼, 그때 사용한 무기가 뭔지 아세요?'

'흐음! 19세기 중엽이니 총과 대포를 썼겠지.'

'맞아요! 근데 그보다는 칼과 활을 더 많이 썼어요.'

'그래? 근데 그건 갑자기 왜?'

---

23) 오스만 투르크(1299~1922) 제국 : 지금의 터키지역을 중심으로 중동과 발칸반도, 아프리카 전 지역의 영토를 지배했던 투르크족의 국가

'플로렌의 로고가 크림전쟁 때 사용되었던 칼과 화살, 그리고 방패를 형상화시킨 거거든요.'

'엥? 걸 그룹인데? 나이팅게일의 이름을 땄다며.'

'그런데 그런 걸 썼네요.'

'알았어. 일단 Lux라는 곡을 재생시켜 줘.'

'넵!'

흘러가는 강물와 아차산을 보며 노래를 들어보았다.

현수는 고개를 갸웃거렸다.

경쾌한 리듬을 가진 곡이고, 가사 어디에도 반정부적인 요소가 느껴지지 않았다.

'도로시! 이거 뮤직비디오 있음 그것도 보여줘.'

'네! 폐하.'

다시 노래가 재생된다. 뮤비를 보고서야 현 정권이 블랙리스트에 올린 이유를 알 수 있었다.

참 속도 좁은 인사들이다.

지들이 잘못했으면 잘못했다고 정중히 사죄하고, 사과하면 되는데 자신들의 실수를 풍자했다는 이유만으로 먹고 살 길을 끊어버리는 건 너무한 처사이다.

이런 놈들은 그냥 두면 안 된다.

'연예계 블랙리스트 작성과 관련된 자들 확인했어?'

'그럼요!'

'처벌해야겠지?'

'에고, 이미 처벌되고 있어요. 주무 장차관 및 국장급에겐 변형 캔서봇이 투여되었어요. 장차관은 4기, 국장급은 3기까지 급속진행입니다. 리미트 풀까요?'

암이 계속 진행되어 죽음에 이르게 하라는 뜻이다.

'일단은 놔둬. 나머지 실무자들은?'

'A, B, C급으로 분류해서 데스봇 레벨 5, 4, 3을 투여했어요. 레벨을 Up시키라고 할까요?'

'아냐! 그 정도면 됐어.'

대화를 하는 동안 뮤비가 끝났다. 집중하지 않아서 확실히는 알 수 없지만 실력은 괜찮은 듯 싶다.

'흐음, 이 정도 실력이면 어떤 곡을 주지?'

'폐하의 곡은 다이안 전용이니 제가 곡을 만들어볼까요?'

다이안에게 줄 곡들은 건드리지 말자는 뜻이다.

'그래! 그거 괜찮겠네. 기왕이면 이번에 Y─엔터로 들어온 아티스트들에게도 줘야 하니 여러 곡 만들어봐.'

'넵! 알겠습니다.'

도로시가 가진 데이터에는 수많은 곡들이 있다. 인류가 서기 4961년까지 발표할 모든 곡들이다.

당연히 엄청나게 많다. 도로시는 적어도 100년 이후에야 발표될 곡들을 현재에 맞춰 편곡할 생각이다.

서기 2116년부터 4961년까지 2,846년간 세계 각국에서 발표될 히트곡 중 일부를 쓰겠다는 것이다.

아직 태어나지도 않은 사람들이 만들 곡이니 저작권 같은 건 신경 쓰지 않아도 된다.

현수는 10초쯤 지나서 입을 열었다.

'다 됐어?'

도로시의 능력을 알기에 물은 것이다.

'일단 1,256곡을 현대에 맞춰 편곡했어요. 더 해요?'

역시 예상대로이다.

'아니! 일단 그거면 됐어. 악보와 음질별 MR 준비되지?'

도로시라면 몇 초도 안 걸릴 일이다.

'넵! 준비 완료되었어요.'

'좋아! 그럼 일단 Y─엔터 소속 걸 그룹과 보이그룹에 각각 두 곡씩 주게 악보를 인쇄해 줘.'

'넵!'

드르륵! 드르륵! 찌익! 찌이익! 드르륵! 찌이익!

말 떨어지기 무섭게 집무실과 비서실 프린터들이 일제히 작동한다. 전 세계를 강타할 한류의 새로운 중심이 될 곡들의 탄생하는 중이다.

이 악보의 위쪽엔 어느 그룹의 누가 부를 건지도 명기되어 있다. 아티스트 각각의 특성과 능력을 완벽하게 파악했다는 뜻이다.

이 곡들의 특징은 한번 들으면 뇌리에 박힌다는 것이다.

영화 미션 임파서블, 스타워즈, 슈퍼맨, 인디아나 존스, 대부,

러브스토리, 레옹의 OST를 떠올려 보자.

시간이 흐르면 영화의 스토리는 가물가물해지지만 OST의 멜로디만은 기억 속에 콕 박혀 있다.

Chapter 11

—

새로 생긴 섹시한 비서

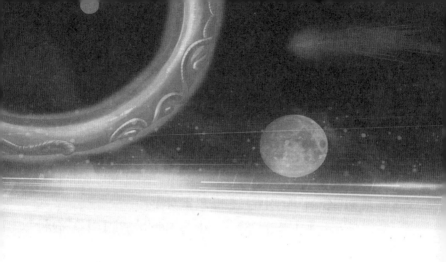

미션 임파서블은 원래 미국의 텔레비전 시리즈였다.

한국에선 '제5전선'이라는 제목으로 1969년부터 1971년까지 KBS에서 방송된 바 있다.

이때에도 같은 테마를 OST로 사용했다.

현재에도 영화로 제작되고 있으니 남녀노소 거의 모두가 이 영화의 메인 테마를 잘 알고 있다.

시리즈물로 만들어지고 있는 '스타워즈'와 '슈퍼맨' 또한 모르는 사람이 없을 것이다. 두 영화의 오프닝 테마곡 역시 사람들의 뇌리에 콕 박혀 있다.

해리슨 포드가 주연한 '인디아나 존스'는 또 어떠한가!

한국의 영화팬들에게 강렬한 충격을 준 영화 중 하나이다.

잠시도 쉴 틈 없이 비명을 지르다 보면 어느새 영화가 끝나 있었다는 말을 들을 정도로 흥미진진했던 영화이다.

개봉 당시의 영화팬이라면 어드벤처 영화의 백미(白眉)라는 데 이의를 제기할 사람은 아마 없을 것이다.

이 영화에서 쓰인 OST 'Raider's March' 역시 아주 유명하다.

영화 '대부(God Father)'에서 쓰인 러브 테마곡은 또 어떠한가!

'Speak Softly Love'는 중후함과 품격을 갖춘 멜로디라 할 수 있다. 불후의 명곡이라는데 이의가 없을 것이다.

영화 '러브스토리'의 메인 테마 'Where do I begin'도 많은 사랑을 받아 CF 배경음악 등으로 사용된 바 있다.

영화 '레옹'의 OST 'Sharp of my heart'는 전주의 독특한 비트로 사람들의 마음을 사로잡았다.

누군가 '음악은 타임머신 같다'는 말을 했다.

귀에 익은 멜로디를 듣는 순간 그 음악을 처음 접했을 때를 떠올리게 하기 때문이다.

도로시가 편곡한 곡들은 위에 언급된 명품 영화음악들의 장점을 두루 갖추고 있다.

한번 들으면 헤어나기 힘든 중독성뿐만 아니라 탁월한 멜로

디와 독특한 비트를 가졌다.

따라서 제대로 된 프로듀싱을 거쳐 발표되면 모두 빌보드 차트에 오르기는 할 것이다.

하지만 3위가 한계이다. 1~2위는 늘 다이안의 신곡들이 그 자리를 점령하고 있을 것이기 때문이다.

재수 없으면 3위 안에도 못들 수 있다. 1~4위를 모두 다이안이 차지하고 있을 때의 일이다.

다이안은 현수를 만나는 순간 운명이 바뀌었다.

데뷔할 때 한번 반짝하곤 그대로 시들어가는 인기 없는 걸 그룹, 곧 해체될 걸 그룹이었다.

이젠 세계인들이 마음을 사로잡을 명실상부한 뮤즈[24] 가 될 운명이다.

나이 아흔까지는 꼼짝없이 현역생활을 해야 할 상황이었다.

아무튼 Y—엔터는 순조롭게 대한민국 최대 연예기획사가 되었다.

Boy group은 4인조 하나, 5인조 셋, 6인조 둘, 그리고 7인조가 둘이다. 총 8개 그룹이고, 45명이다.

Girl group의 경우는 5인조와 넷, 6인조와 7인조가 각각 셋이고, 9인조도 하나 있다. 11개 그룹이며, 68명이다.

---

24) 뮤즈(Muse) : 춤, 노래, 음악, 연극. 문학에 능하고, 시인과 예술가들에게 영감과 재능을 불어넣는 예술의 여신. 또한 지나간 모든 것들을 기억하는 학문의 여신이기도 하다.

다이안과 새롭게 합류할 플로렌을 포함한 숫자이다.

이밖에 남자 연습생 28명과 여자 연습생 64명이 있고, 연기자 64명과 개그맨 6명도 보유했다.

아티스트들의 숫자만 275명이고, 이들의 연예활동을 지원하는 매니저와 스타일리스트 등 스텝의 숫자도 상당하다.

원활히 움직이기 위한 차량도 구입해야 하고, 연습실과 녹음실도 왕창 확충해야 한다.

'제대로 된 사옥을 갖추려면 돈이 많이 들겠군.'

'인근 부동산 가격이 많이 하락했고, 음향장비들도 중고로 나온 게 꽤 많아요.'

'중고……? 중고를 쓰라고?'

'중고가 어때서요? 새것 같은 중고도 많아요. 워낙 불경기라……. 그리고, YG—4500의 손길을 받으면 새것일 때보다 더 말끔해지고, 성능도 좋아질걸요.'

'그런가? 근데 걔들은 경호용 안드로이드잖아.'

'지금은 그렇지만 제가 프로그래밍 하면 YD—16 시리즈 버금갈 걸요.'

YD는 이실리프 제국의 장인종족을 뜻하는 Yisilipe's Dwarf의 이니셜이다.

현재 우주에 떠 있는 9개의 위성엔 각각 두 기의 YD—16이 배치되어 있다.

요리, 청소, 아기 돌보기, 정원 가꾸기, 전투기 조종 등 2만

8,000여 가지 임무를 수행할 수 있다.

인간이 할 수 있는 일은 모두 한다는 뜻이다.

게다가 딥 러닝(Deep Learning)을 통해 미개척 분야에 대한 연구 및 개발까지 가능하다.

뿐만 아니라, 장인종족인 드워프 뺨을 칠 정도로 뛰어난 손기술을 가졌다.

16은 열여섯 번째 버전이라는 의미이다.

YD-1이 최초의 모델명이고, 이후 매 100년마다 업그레이드를 할 때 뒤의 숫자를 하나씩 올렸다.

따라서 16이라 함은 15번 업그레이드되었음을 뜻한다. 당연히 대단한 성능이다.

현재의 YD-16은 마치 모차르트나 베토벤이 불멸의 명곡을 창조해 낸 것처럼 무엇이든 만들어낼 수 있게 되었다.

'원래 목적이 경호용인데 정말 가능해?'

'드워프의 창조적인 세공솜씨가 필요하신 건 아니죠?'

아무런 설계도도 없지만 원하는 걸 말하면 예상했던 것보다 더 예술적 감각으로 만들어내기에 한 말이다.

'그럼, 그건 아니지!'

'그럼 가능해요. 나머진 만능제작기로도 만들 수 있어요.'

'그래! 그렇겠어.'

현수는 고개를 끄덕였다.

'조 지사장에게 지시를 내려서 일단 주변의 쓸 만한 건물

을 사들여서 개조하라고 하고, 인근에 아예 Y—엔터 단지를 하나 조성토록 해야겠어.'

식구수가 대폭 늘어났으니 Y—엔터는 Y—빌딩에 입주하지 못한다. 그편이 덜 번거롭고, 더 안전할 때문이다.

그렇다 하여 다른 계열사와 차등을 둬선 안 된다.

'Y—빌딩 부지 건너편 주택들을 매입하는 건 어떨까요?'

'그래? 매물들이 있어? 일단 지도부터 띄워봐.'

'넵!'

말 떨어지기 무섭게 사업부지가 표시된 지도가 눈앞에 뜬다. 그리곤 25m 도로 건너편 주택가 모습이 보였다.

'여기 있는 주택 및 상가 중 55%가 매물로 나와 있어요.'

'왜 그렇게 많지?'

'무능한 정부라 불경기가 너무 심해서 그래요.'

딱 한 마디로 설명된다.

불경기는 현 정권 초기부터의 일이다.

그럼에도 지금껏 아무것도 해결된 게 없다. 정부와 여당에 보신주의가 팽배한 결과이다.

어쨌거나 불경기의 여파로 공실은 늘고, 은행이자는 감당할 수 없으니 매물들이 쏟아져 나온 모양이다.

'그래? 면적은?'

'이 부분의 면적은 3,500.4평이에요'

딱 보니 전형적인 서민의 주거지였다. 그럼에도 매물이 많다는 건 처한 상황이 좋지 않다는 뜻이다.

'흐음, 서민들이 문제네.'

'맞아요! 그럼에도 현 정부는 완전히 속수무책이에요.'

'그래! 능력도 없으면서 돈과 권력만 탐하는 놈들이 윗자리를 차지하고 있어서 그런 거야.'

'전적으로 동의해요.'

'흐음! 어떻게 한다?'

조 지사장의 전화를 받고 너무 즉흥적인 건 아닌가 싶었던 것이다. 하지만 현수의 고민은 그리 길지 못하였다.

'3,500평이라고 했지? 부동산 매입해.'

'가격과 방법은요?'

'사업부지 매입과 같은 방식으로 하면 되지 않겠어? 매입해 놓은 아파트가 부족하면 조금 더 범위를 넓혀서 사.'

'네! 지시대로 합니다. 이곳 역시 Y-빌딩에 준한 외국인 투자지역으로 지정받아 볼게요.'

'그래! 그리고 기왕이면 Y-엔터 단지와 Y-빌딩을 잇는 지하통로를 만드는 것도 고려해 봐.'

'네! 길 건너다니기 불편하니 그렇게 하겠습니다.'

즉흥적으로 결정되었지만 도로시가 설계한 도면은 즉각 한창호 건축사에게 보내졌다.

부지의 모양은 약간 찌그러지기는 했지만 직사각형에 가깝다. 가로 120m, 세로 96.5m 정도이다.

이곳 역시 Y 그룹 계열사가 될 터이니 홍수 피해를 고려한 수밀차단벽이 설치된다.

아울러 정화조 설치 등을 고려해보면 지하 1층 면적은 3,350평 내외로 결정된다.

이는 다음과 같이 사용된다.

구내식당 200평, 주방 50평, 식품창고 50평, 휴게실 100평, 직원용 체력단련실 100평, 샤워실 50평이다.

주방 직원들과 경비원들에게 제공될 숙소도 조성된다.

전용면적 20평짜리 10가구, 30평짜리 20가구, 40평짜리 20가구, 그리고 50평짜리 10가구이다.

직급이 아니라 가족수에 따라 배분될 예정이다.

건축법상 지하 1층이긴 하지만 지상으로 2m 가까이 솟아오른 반지하이다. 따라서 채광 및 환기에 아무런 문제가 없을 것이다.

나머지 700평은 지하주차장 통로, 공용화장실, 엘리베이터 홀, 계단실 및 복도 등으로 계획되어 있다.

지하 2~5층은 주차전용 공간이다.

연예인들이 타고 다닐 익스플로러밴이나 미니버스 쏠라티처럼 키가 큰 차들이 주차할 공간을 제외한 나머지는 기계식 2층 주차장으로 만들어진다.

따라서 당연히 층고가 높다.

차량이 이동하는 통로 위쪽에 공기정화설비를 설치하니 매연으로 인한 불쾌함은 느끼지 않게 될 것이다.

기계식 주차설비는 Up 버튼을 누르면 올라가고, Down 버튼을 누르면 내려가는 것이다.

센서가 있어서 올라가거나 내려갈 상황이 아니라 판단되면 아무리 눌러도 반응하지 않는다.

지하 1층엔 Y−빌딩과 연결되는 통로가 조성될 것이다. 사람뿐만 아니라 차량이동도 가능하다.

지상 46층으로 설계되었는데 1층부터 45층까지의 바닥면적은 각각 1,000평이고, 46층만 500평이다.

서울시가 허용해줄 용적률 1,300%에 맞춘 면적이다.

Y−빌딩과 호응하며 마주보는 모습으로 설계된 이 건물의 지상 1층엔 안내데스크 이외에 널찍한 카페와 휴게실, 접견실 등이 배치된다.

카페는 주로 연예인들의 휴식공간으로 이용되고, 접견실은 외부에서 온 손님들을 맞이하는 장소로 사용될 예정이다.

2층엔 미용실과 의상실, 오디션룸, 회의실 등이 갖춰질 예정이다.

3층엔 수영장과 연예인용 체력단련실, 사우나가 자리할 예정이다.

4~6층 3,000평은 Y−엔터 사무실로 사용하고, 7층은 안무연습실, 8층은 시청각실과 연기연습실로 쓰인다.

9층엔 녹음실과 엔지니어와 작곡가들을 위한 전용공간이

자리하게 된다.

물론 각층마다 휴게실과 샤워실 등이 마련된다.

10층부터 24층까지는 25평형 10가구, 32평형 10가구, 43평형 10가구로 구성되어 있다. 층당 30가구이다.

25층은 50평형 20가구로 꾸며진다.

이렇게 조성된 470가구는 매니저와 스타일리스트 등 스텝과 Y—엔터 직원들의 주거지로 사용된다.

이들의 연봉은 다른 그룹사와 같다.

사원 5,400만원, 주임 6,000만 원, 대리 6,600만 원, 과장 7,800만 원, 차장 9,000만 원, 부장 1억 800만 원이다.

임시직이나 비정규직 없이 모두가 정규직이다.

인턴제도는 없지만 입사 후 3개월은 수습기간이며, 이때는 급여의 90%만 지급된다.

수습기간 동안 면밀히 살펴봐서 적성에 맞지 않으면 다른 계열사의 자리를 제안한다.

다만 조직에 해가 된다는 판단이 서면 즉각 퇴직시킴을 원칙으로 한다.

연봉은 별도의 협상 없이 매 1년마다 3%씩 인상된다.

타사에 비해 비교적 높은 연봉으로 시작하고, 외부로부터 투자를 받거나 대출받은 것이 없으니 절대 망할 수 없는 안정된 직장이다.

전국여성노조 서울지부에서 스타일리스트와 어시스턴트

203명을 조사한 자료가 있다.

참고로, 93.6%가 여성이고, 대부분이 25세 미만이다.

응답자의 92.1%는 월 100만 원 미만을 월급으로 받았는데 50만 원 미만이 이중 절반가량이다.

이들의 업무는 의상 연구기획, 제작, 원단 및 협찬의상 수령, 연예인 일정 동행, 잔심부름 등 참으로 다양하다.

그럼에도 협찬의상 수령이나 원단 구입을 위한 교통비가 제대로 지급되지 않는다.

월급은 쥐꼬리만 한데 교통비까지 본인이 부담해야 하는 것이다. 여기까지는 일반 기획사에 관한 것이다.

*   *   *

Y—엔터의 월급은 450만 원에서 시작된다.

고졸 1호봉이 이러하다.

특성상 여성이 많을 수밖에 없기에 사회봉사 4,000시간 이상이라는 조건은 붙이지 않는다.

대신 병역을 마친 경우는 군대 복무기간을 고려한 호봉 승급을 해준다. 봉사시간이 길다면 이 또한 고려해 준다.

어쨌거나 450만 원 중 갑근세와 국민연금, 건강보험료 등 제세공과금을 뗀 실수령액은 385만 1,540원이다.

다른 기획사의 4~9배에 달한다.

뿐만 아니라 업무 중 식대와 교통비는 당연히 지불하고, 운전면허가 있는 경우엔 업무용 차량까지 제공한다.

유류대, 보험료, 통행료, 검사비용 등도 당연히 Y—엔터에서 부담한다.

다만, 부정사용을 막기 위한 운행일지를 기록해야 하는 불편함을 있을 것이다.

그래도 다른 기획사는 비교조차 되지 못한다.

결정적인 것은 주거비용과 출퇴근 비용이 거의 들지 않는다는 것이다.

뿐만 아니라 길 건너편 Y—빌딩의 체육시설을 무료로 이용할 수 있다. 수영, 볼링, 요가, 필라테스 등이다.

이 같은 배려는 아티스트들의 연예활동을 서포트하는 스텝들의 사기가 높고, 회사에 대한 충성도가 높아서 나쁠 일 없기 때문이다.

어쨌거나 Y—엔터 직원들에겐 다른 계열사와 마찬가지로 주거가 제공된다.

관리비와 전기요금을 내지 않으니 두 달에 한 번, 얼마 안 되는 상하수도 요금만 부담하면 된다.

26층부터 45층까지는 50평형, 64평형, 그리고 86평형이 각각 5가구씩 조성된다. 층당 15가구이다.

20개 층, 300가구는 연예인들에게 배정될 것들이다.

현재의 인기나 데뷔순서와 관계없이 들어와서 살게 될 가족구성원의 숫자가 얼마나 많으냐에 따라 면적이 달라진다.

연습생을 포함한 현재 인원은 275명이다. 따라서 부족하진 않을 것이다.

연예인들이 크게 성공하여 더 넓은 집을 사거나 다른 기획 사로 소속을 옮기는 경우엔 집을 비워줘야 한다.

마지막 46층 500평은 파티를 하거나 리셉션 등을 위한 공간으로 남겨두었다.

방송국 스튜디오에 맞먹거나 조금 더 나은 정도의 무대와 조명, 음향 설비들이 갖춰질 예정이다.

밖엔 500평짜리 멋진 옥상정원이 꾸며질 것이다.

어쨌거나 Y—엔터빌딩은 지하면적 1만 6,750평, 지상면적 4만 5,500평인 지하 5층, 지상 46층짜리 건물이며 총면적은 6만 2,250평에 달한다.

건설비로 평당 500만 원이 든다면 3,112억 5천만 원짜리 신축공사가 뚝딱 하는 사이에 결정되고 있는 것이다.

*   *   *

"그래! 사무실 구경은 잘 하셨는가? 마음에 들지?"

"네, 괜찮더군요. 근데 제가 사무실을 쓸 일이 많을까 싶습니다."

본인 사업이 있고, 아제르바이잔 건은 단발성으로 끝날 수 있기에 한 말이다.

"에구, 무슨 섭섭한 말씀을… 오다 가다 피곤하면 잠시 들러서 쉬는 곳으로 써도 괜찮네. 자, 이거 받게."

신형섭 사장이 건넨 것은 보라색 바탕의 신분증이다.

천지건설은 임직원 신분증을 만들 때 바탕색깔로 직급을 구분할 수 있도록 하였다.

시력이 좋지 않거나 거리가 떨어져 있어도 실수하지 않게 하기 위한 배려이다.

사원(빨강), 주임(주황), 대리(노랑), 과장(초록), 차장 (파랑), 부장(남색), 임원(보라)이 그것이다.

같은 보라색이라도 흰색 사선이 없으면 이사, 사선 하나는 상무, 사선 둘은 전무이사이다.

현재 공석인 부사장의 신분증은 바탕색이 없다. 다시 말해 흰색이 바탕색이다.

대표이사 사장과 부회장, 그리고 회장은 얼굴이 신분증이고, 늘 수행비서가 따라다니므로 별도로 제작하지 않는다.

어쨌거나 파랑과 남색은 헷갈릴 수 있기에 차장의 신분증은 연한 파랑인 하늘색이다.

적록색맹이라면 사원과 과장을 혼돈할 수 있지만 그건 얼굴만 봐도 구분이 된다. 연륜이 대변하기 때문이다.

아무튼 신 사장이 건넨 신분증엔 본인의 얼굴 사진이 박혀 있다. 찍은 기억이 없어 갸웃거리다가 고개를 끄덕였다.

아제르바이잔 건설부 장관 일행이 왔을 때 기념촬영을 한 바 있다. 그때 찍힌 얼굴 사진으로 만든 모양이다.

사진 아래엔 다음과 같은 표기가 있다.

$$\sum_{k=1}^{\infty} k$$ 천 지 건 설 (주)

전무이사 : 하인스 킴(Heins Kim)

Executive No. : 1605090001

사원번호를 보니 샤빈 무스타파예프 아제르바이잔 건설부 장관을 만났던 날인 2016년 5월 9일과 그날 첫 번째로 입사한 걸 뜻하는 모양이다.

보라색 바탕이고 두 개의 흰색 사선이 그어져 있다. 전무이사 신분증이 맞다.

"회사에 올 때는 꼭 임원증을 패용하여 주시게. 임원용 엘리베이터는 그게 없으면 작동하지 않네."

"알겠습니다."

현수는 임원증을 목에 패용했다.

들어오고 나갈 때 자동으로 스캔되므로 출퇴근 및 외출 정보와 건물내부에 있을 경우엔 현 위치를 확인할 수 있도록 되어 있다는 걸 알기 때문이다.

"그리고 이건 분양 계약서네."

신 사장이 건넨 분양계약서를 살펴보았다.

화성시 향남읍에 소재한 아파트 1,230세대를 일괄 분양하였으며 일시불로 대금을 받았다는 내용이 기록되어 있었다.

"아까도 말씀드렸지만 새로 법인을 설립하는 등의 일이 선결되어야 하니 등기는 차후에 하도록 하겠습니다."

"우리야 뭐 돈도 다 받았으니 편한 대로 하시게."

현수는 Y-메디슨과 Y-PS의 대표이사로서 기명하고, 사인했다. 이로서 사원들이 머물 주거지 확보는 끝났다.

'도로시! Y-PS 법인 설립 서둘러.'

'넵! 본점 소재지는 일단 Y-엔터 사옥 1층으로 하겠어요.'

'그래! 기왕 말이 나온 거니 얼른얼른 추진하도록!'

'넵!'

도로시에게 일임했으니 이젠 알아서 할 것이다.

"자아, 이젠 자네 집무실로 가시게. 잠시 후에 당도할 손님이 있네."

웃으면서 하는 축객령이다.

"네, 그러죠."

"참! 비서실 인선을 빨리 끝내주시게. 곧 가을 정기인사라 인사부가 매우 바쁘니."

"그거 꼭 채워야 하는 건가요?"

"다른 부서로 배치된 인원을 빼내려면 문제가 발생할 수 있으니 가급적 채워주시게."

"네, 알겠습니다."

고개를 끄덕인 현수가 대표이사실을 나서자 김지윤 차장이 바로 뒤따른다.

현수가 자리를 비웠을 때, 신형섭 사장으로부터 현수를 제대로 잘 모시라는 신신당부를 들은 때문이다.

3403호 전무실 앞에 당도한 현수가 비번을 누른다.

삑, 삑, 삑, 삑! 삐리릭—!

"이 문의 비밀번호는 0928입니다. 기억해 두세요."

"네, 대표님!"

지윤은 얼른 다이어리를 꺼내 번호를 기록한다.

"김 차장님!"

"네, 대표님!"

"여기선 대표라 부르지 말고 전무라고 하세요."

"네? 그게 무슨……?"

몹시 의아하다는 표정이다. 무슨 의미냐는 뜻일 거다.

"나, 천지건설 전무가 되었어요."

말을 하며 패용하고 있던 임원증을 보여주었다.

"어머! 그건……!"

지윤은 몹시 놀란 표정을 짓는다. 보라색 바탕에 두 개의 흰 사선이 그려져 있으니 전무이사의 임원증이 맞다.

"김 차장과 조 과장은 이제 전무실 소속이에요. 김 차장은 외부담당이고, 조 과장은 내부담당이라네요."

"네? 그게 무슨……?"

언뜻 무슨 의미인지 못 알아들었다는 표정이다.

"나는 천지건설 전무가 되었고, 김지윤 차장과 조인경 과장은 전무이사 비서실 소속이 되었다구요."

"……!"

지윤은 잠시 멍한 표정을 지어 보인다. 이때 문을 열고 들어서자 지윤은 무의식적으로 따라서 들어섰다.

"어머……! 와아아~!"

회사에 이런 멋진 사무실이 있을 것이라곤 상상도 못 했는지 입을 딱 벌려서 예쁜 목젖을 보여준다.

지윤은 눈알을 굴려 사무실 내부를 살펴본다.

7성급 호텔 저리가라 할 정도로 세련되고, 깔끔했으며, 우아한 인테리어이다. 탁자와 의자, 그리고 여타 집기들도 평범해 보이진 않았다.

'어머, 세상에……! 어머머! 어머머머! 와아, 뭐지? 뭐지? 여긴 뭔데 이래?'

"대표님! 아니, 전무님! 여긴 어딘가요?"

"어디긴요! 새로 꾸민 전무실이지요."

"네에? 저, 정말요……?"

지윤의 눈이 더 커진다.

천지건설의 부회장은 공석이고, 회장실은 35층에 있지만 가
본 적이 없다. 조금 전까지 대표이사 사장실에 있었는데 여기
에 비하면 거긴 허름한 마구간 수준이다.

"맞아요! 전무실, 김 차장님이 제일 먼저 들어왔으니 저기
책상 중에서 마음에 드는 걸 고르세요."

"네에?"

"조금 전에 말했잖아요. 김 차장님은 내 외부담당 비서라
고. 그렇다 하여 사내에 책상 하나 없어서 되겠어요? 마음에
드는 자리 골라잡아요."

비서실은 한 면이 창(窓)이다. 네 개의 책상은 모두 창가에
배치되어 있는데 파스텔톤 파티션으로 구획되어 있다.

각각의 면적은 대략 4평 정도 된다. 다시 말해 비서 4명에
게 각각 4평의 개인공간이 주어진 것이다.

현재는 모든 문이 열려 있는데 안에는 업무용책상과 의자
세트, 일하면서 마시는 커피나 음료수를 올려놓을 정도로 키
작은 이동식 서류장이 있다.

구석엔 스타일러가 놓여 있다.

옷걸이에 걸어서 넣어두면 살균, 스팀, 건조, 탈취가 된다.
원하면 주름까지 잡을 수 있다.

광고하는 걸 보기만 했지 실제로 보는 건 처음이다.

이밖에 서류보관용 캐비닛(Cabinet)이 붙박이장으로 설치되

어 있다. 일부는 유리라 안이 보이는 부분도 있다.

책상 위에는 노트북 하나와 업무용 PC, 그리고 프린터가 있다. 여기까지가 비서들의 개인공간이다.

이를 구분하는 파티션은 각기 다른 색이다.

파스텔톤 주황, 연두, 파랑, 보라색이고, 바닥엔 이에 어울리는 색깔의 카펫이 깔려 있다.

앞쪽 공용공간엔 원탁이 있고, 의자 네 개가 놓여 있다. 비서의 숫자를 고려한 모양이다.

"저요! 저는 보라색으로 할래요."

지윤은 왜 보라색을 골랐는지는 설명할 수 없었다. 그저 친숙한 느낌이 들었을 뿐이다.

이는 잔상효과 때문이다. 현수의 임원증 바탕색이 보라색이라 저도 모르게 선택한 것이다.

"그래요, 그럼!"

지윤은 보라색 파티션 앞쪽에 본인의 명함을 끼워 놓았다. 자신의 영역임을 표시한 것이다.

"그나저나 T/O[25]가 네 명이라는데 누굴 더 뽑지요?"

"네?"

"전무이사는 비서가 네 명이라고 하네요. 좋은 사람 있으면 추천하라는 뜻이에요."

"아! 네에. 근데 저는 타부서 여직원들에 대한 정보가 없어

---

25) T/O : Table of Organization의 약자. 정원, 인원편성표.

요. 조인경 과장님이 저보다는 더 잘……."

"조 과장과는 동문이죠?"

"네! 전공은 다르지만 학교도, 회사도 1년 선배님이세요."

"그렇군요. 알겠습니다."

명예퇴직대상자였으니 주변에 유능한 직원이 있는지를 살펴볼 마음의 여유가 없었다. 그러니 마땅한 인물을 추천할 수 없다는 것이다.

이때 누군가의 노크소리가 들린다.

Chapter 12
—
명월관 고기 맛

똑, 똑, 똑—!

"네에."

문이 열리고 조인경 과장이 들어선다.

아름다운 마스크뿐만 아니라 세련된 복장과 늘씬한 교구가 너무도 잘 어울리는 커리어 우먼이다.

"전무님! 사장님이 저 여기로 가라네요. 앞으로 잘 부탁드립니다."

조인경은 말을 하며 공손하고 조신하게 고개를 숙여 예를 갖춘다.

방금 말한 대로 그녀는 전무이사 비서실 소속이 되었다.

하지만 당분간은 대표이사 사장실의 비서 임무도 겸직할 것이다.

인수인계에 시간이 필요하고, 현수는 사무실에 붙어있지 않을 것이기 때문이다.

"그래요! 환영합니다. 하하하!"

짐짓 너털웃음을 터뜨려 주었다.

"저기 보라색은 김 차장이 선택했어요. 조 과장도 하나 골라잡아요."

"저는… 주황으로 할게요."

"좋아요! 남은 두 자리는 조 과장님에게 맡기죠."

"네? 그게 무슨……?"

조인경의 말을 이어지지 못했다.

"김 차장과 조 과장을 보좌할 인원 두 명을 뽑아달라는 뜻이에요. 눈여겨 봐둔 사람들 있죠?"

"아! 네에, 그렇긴 한데 김 차장님을 보좌할 사람은 직접 뽑으셔야 하는 거 아닌가요?"

학교도 회사도 1년 후배지만 직급이 높으니 깍듯한 표정으로 바라본다.

"그렇기는 한데 저는 전무님 따라서 늘 외근 중일 것 같으니 조 과장님이 좋은 사람 있으면 추천해 주세요."

"…네! 지시대로 하죠."

조인경은 쿨하게 고개를 끄덕이면서도 김지윤이 상사라는

것을 확실히 해주었다.

이쯤해서 둘에게 해줄 말이 있다.

"일단 자리에 앉아볼래요?"

"네, 전무님!"

조신한 모습으로 의자에 앉은 둘은 경쟁적으로 다이어리를 펼친다. 한 마디도 놓치지 않고 메모하겠다는 뜻이다.

"메모할 건 없어요. 다이어리 덮어도 됩니다."

"네! 전무님."

마치 한 몸인 듯 동시에 다이어리를 덮고는 시선을 고정한다.

지윤이나 인경에게 있어 현수는 하늘같은 상사가 되었다. 또한, 너무도 고마운 사람이다.

"조금 아까 사장님과 두 분에 대해 이야길 했어요."

"……!"

잔뜩 긴장된 표정으로 둘 다 침을 꿀꺽 삼킨다. 현수는 지윤에게 먼저 시선을 주었다.

"김 차장님은 곧 부장으로 승진하게 될 거예요."

"네……? 제, 제가요? 제가 부장이 된다고요?"

전혀 예상치 못했던 말인지라 지윤의 음성은 심하게 떨리고 있었다.

놀란 건 마찬가지인지 조인경 과장의 눈 또한 엄청나게 커져 있다.

"네! 그간 고생한 것도 있고 해서 승진을 부탁했습니다."

"……!"

현수는 여전히 놀란 표정인 지윤으로부터 인경에게로 시선을 돌렸다.

"조 과장님도 곧 승진을 하게 될 거예요."

"네……? 저, 저도요?"

대체 무슨 소리를 했느냐는 표정이다. 이쯤 되면 확실하게 쐐기를 박아주는 것이 필요하다.

"네! 조 과장님도 곧 부장이 될 거예요."

흐윽! 딸꾹—! 딸꾹—!

너무도 놀라 호흡과 횡격막[26]이 일시적으로 부조화를 이룬 모양이다.

딸꾹—! 끅! 딸꾹—! 딸꾹—! 끄윽—!

"끄윽! 죄, 죄송합니다."

조인경은 얼른 손으로 입을 막았으나 딸꾹질은 그렇게 한다고 해서 금방 멈춰지는 게 아니다.

현수는 얼른 정수기에서 냉수 한 컵을 받아와 건넸다.

"자, 일단 이거 받고 자리에서 일어나 봐요."

딸꾹—! 끄윽!

"흑, 네에."

---

26) 횡격막(diaphragm) : 흉강과 복강을 구획하는 근육성의 막으로 포유류에만 있다. 위쪽은 가슴, 아래쪽은 배로 구분되며 가로막이라고도 한다.

조인경은 시키는 대로 자리에서 일어선다.

"이제 허리를 90도로 수그린 상태에서 물을 천천히 마셔보세요. 그럼 괜찮아질 거예요."

시키는 대로 허리를 숙이고 아주 천천히 물을 마셨다.

혹시라도 물이 뿜어지더라도 현수나 지윤에게 최소한만 뿌려야 한다는 생각 때문이다.

"……!"

"괜찮죠?"

조인경은 대답대신 고개만 끄덕였다. 입을 열었다가 다시 딸꾹질이 나면 입안에 남아 있던 물이 튈까 싶어서이다.

"그럼, 자세 바로 하고 들으세요."

조인경은 또 고개만 끄덕였다.

"김지윤 차장이 후배지요? 근데 두 분 다 제 비서실에서 일하게 되었어요. 근데 껄끄러우면 안 되잖아요. 그래서 제가 사장님에게 조 과장님의 승진도 청탁했어요."

"……!"

"조 과장님은 일단 차장으로 승진하게 될 거예요. 향남아파트 일괄 분양의 공으로요."

"네? 제, 제가요?"

말 한 마디 거든 적 없는 향남 아파트를 몽땅 자신이 분양한 것으로 하겠다는데 어찌 놀라지 않겠는가!

현수는 그렇다는 뜻으로 고개를 끄덕이며 말을 이었다.

"그리고 아제르바이잔 건이 확정되면 두 분 다 또 승진하여 부장이 될 겁니다."

"저어, 저는 아제르바이잔 건과 아무런 관련도 없는데 왜 저도 승진하는 건가요?"

궁금함을 참지 못한 지윤의 물음이다.

"전무실에 힘을 실어주려는 총괄회장님과 사장님의 배려 때문이에요."

"초, 총괄회장님이요?"

조인경이야 신형섭 사장과 더불어 여러 번 볼 수 있었지만 얼마 전까지만 해도 명예퇴직 대상자였던 일개 대리인 김지윤은 이연서 총괄회장을 볼 수 없었다.

층층시하(層層侍下)라는 말이 있다. 부모, 조부모 등의 어른들을 모두 모시고 사는 처지를 이르는 말이다.

대리 위에 과장이 있고, 그 위로 차장, 부장, 이사, 상무, 전무, 부사장, 사장, 부회장, 회장이 있다.

이들 모두를 거느린 사람이 바로 이연서 총괄회장이다.

당연히 보기 힘든 존재이다. 그런데 그분이 자신을 콕 찍어서 승진시키라고 했다고 한다. 어찌 믿어지겠는가!

"나는 외국인이고, 어느 날 갑자기 굴러들어 온 돌이에요. 그리고 보다시피 상당히 어려 보이죠."

둘은 이 대목에서 똑같이 고개를 끄덕였다.

서른하나라고 하는데 아무리 봐도 스물다섯 이상으론 보이지 않는다. 하여 서류상 나이가 잘못되었는지를 점검해 보았다. 물론 서류는 완벽하다.

도로시가 손을 봤으니 당연한 일이다.

어쨌거나 둘은 현수가 서른한 살이라는 걸 알고 있다. 그렇기에 동의한다는 뜻으로 고개를 끄덕인 것이다.

그러거나 말거나 현수의 말은 이어지고 있다.

"게다가 건축과 관련된 전공을 한 것도 아니고, 경영이나 영업 쪽 관련 전공도 아니에요."

신수동 사업부지 매입을 하는 동안 지윤은 현수의 신상을 파악한 바 있다. 물론 도로시가 전한 정보이다.

이때 나이, 주소, 학력 등이 파악되었다.

의과대학을 우수한 성적으로 졸업하고 인턴과정까지 수료했다는 걸 보고는 정말 깜짝 놀랐다.

프리토리아 의과대학에 관한 정보를 확인해 본 결과 서울대학교 의과대학이나 다름없음을 알고는 또 놀랐다.

돈만 많은 졸부가 아니라는 걸 알고는 즉각 회사에 보고하였다.

이연서 총괄회장과 신형섭 사장은 물론이고 이를 보고한 조인경 과장 또한 경탄하지 않을 수 없었다.

현재 천지건설에서 현수에 대해 모르는 것은 진실한 나이 (2,961세)와 진정한 신분(이실리프 제국 초대황제), 그리고 얼마나 많은 돈을 핸들링 할 수 있는지이다.

또한 휴먼하트를 가진 세상의 모든 마법사들의 수장이며, 마법의 조종이라는 드래곤들조차 현수에게 배움을 청한다는 것도 모른다.

빙산의 일각만 보고도 화들짝 놀라고 있는 것이다.

어쨌거나 의사가 건설회사에 취업하는 경우는 거의 없는 것이다.

도로시의 보고를 통해 천지건설에서 자신의 정보 중 일부가 흘러든 것을 알기에 한 말이다.

"그러니 시기와 질투까지는 아니지만 색안경을 끼고 볼 사람들이 많을 거라고 하시더군요."

이미 완성된 조직이니 당연한 말이다.

"그런 나를 보필해 줄 사람의 직급이 너무 낮으면 면이 서질 않는다면서 두 분을 승진시키는 데 동의하셨어요."

"……!"

둘 다 꿀 먹은 벙어리처럼 눈만 깜박거린다.

지윤은 지난 4월 1일에 대리에서 차장으로 두 계급이나 승진했다. 인경도 같은 날 한 계급 승차했다.

그리고 반년도 지나지 않았는데 또 진급한다고 한다. 둘 다 6개월도 안 되는 사이에 3계급씩 특진하는 셈이다.

천지건설은 급조된 회사가 아니다. 모든 체제가 완벽하게 갖춰진 조직으로 유지되고 있다.

총 5,486명인 임직원들 모두 정기인사 때마다 어떤 결과가 있을지에 촉각을 곤두세운다.

그리곤 그 결과에 따라 일희일비한다.

승진하면 축하연을 베풀어야 하고, 고배를 마셨다면 위로주를 들이켠다.

일부 약삭빠른 직원들은 누구에게 붙어야 더 이익인지를 따져 줄까지 선다.

그리곤 설날이나 추석이 되면 상사의 집을 찾아가 인사를 드리고 선물을 남기기도 한다.

월급은 상사가 더 많이 받는데 훨씬 덜 버는 아랫사람들이 사다 바치는 것이다.

직장인들의 소망 1위는 승진이고, 2위는 칼퇴근이다.

승진은 진급연한이 채워진 직원 중에서도 평가점수가 높았던 인물이 하게 된다. 다시 말해 무조건 진급이 아니다.

동기로 입사하지만 누구는 더 빨리 입사하고, 누군가는 오래도록 한 자리에 머무른다.

해외영업부 소속 킨샤사 지사장으로 나가 있는 이춘만 과장 같은 사람이 대표적이다.

윗사람의 눈에서 벗어나니 할 일도 없고, 덥고 습한 나라로 가야했고, 진급을 바라지도 못할 만년과장에 멈춰 있다.

현수가 말을 끊자 지윤이 먼저 고개를 숙인다.

"고맙습니다. 열심히 일하겠습니다."

"저도 최선을 다해 전무님을 보필하겠습니다."

조인경도 정중히 고개 숙여 예를 표했다.

둘은 안다. 평범한 회사원 생활은 이제 끝났음을!

승진이 발표되면 거의 모든 여직원들이 시기와 질투 어린 시선으로 바라보게 될 것이다. 그리곤 이렇게 쑥덕거린다.

"있지, 있지! 내가 어디서 들었는데 김지윤 부장하고 조인경 부장 말이야."

"어머, 어머! 둘이 뭐 있어?"

한 여직원이 하는 말에 다른 여직원이 솔깃한 표정을 짓는다.

6개월도 안 되는 사이에 세 계급이나 승진한 천지건설의 전설이 되어버린 두 인물에 대한 이야기인 때문이다.

이들 둘은 천지건설 모델로도 활약하는 중이다.

"웅! 홀수 날은 김 부장이, 짝수 날엔 조 부장이 하인스 킴 전무를 모신대."

"모서? 둘 다 전무 비서실에 있으니 당연한 거 아냐?"

"아니! 그렇게 모시는 거 말고."

"그럼 뭐?"

"있잖아, 그거, 그거!"

"아! 답답하네, 그게 뭔데? 대놓고 말해봐."

"좋아! 근데 이거 다른 데 가서 말 전하면 안 돼!"

뭔가 비밀인 듯 싶은지 목소리가 살짝 줄어든다.

"뭔데뭔데?"

"김 부장하고 조 부장이 하인스 킴 전무랑 그렇고 그런 사이래. 무슨 소린지 알지?"

"그렇고 그런 사이가 뭔데? 같이 자기라도 한대?"

"그래! 한집에서 동거한다는 소문도 있어."

"헐! 그럼 그 소문이 진짜였어?"

"생각해봐! 둘 다 재벌가랑 아무 관련도 없어. 근데 벌써 부장이야. 아직 서른도 안 되었는데."

"그래? 진짜야? 진짜 김 부장이랑 조 부장이 아프리카 흑인이랑 잠자리를 하는 사이란 말이야?"

"응! 들리는 소문으론 때로는 다 같이 밤을 보내기도 한대."

"뭐어? 쓰, 쓰리썸을 한다고? 김 부장이랑 조 부장이……?"

"그래! 하인스 킴 전무가 없으면 아제르바이잔 건이 어려워진대. 그래서 셋이 그렇고 그런대."

"헐……!"

허황된 거짓 소문을 듣는 여직원의 입이 딱 벌어진다.

*   *   *

예전과 달라지기는 했지만 여전히 유교적인 색채가 남아 있기에 셋이 한 침대를 쓰는 건 이해되지 않은 때문이다.

"둘 다 자를 순 없으니까 전무 비서실로 보낸 거래."

"헐! 말세다 말세! 어떻게 그럴 수 있지? 아무리 출세하고 싶다고 해도 어떻게 흑인이랑…… 으윽! 토 쏠린다."

"암튼 어디 가서 소문내면 안 돼. 알았지?"

"알았어, 알았어!"

대답은 이렇게 했지만 김지윤과 조인경이 아프리카계 흑인과 동거를 하고 있으며, 살을 섞는 사이라는 소문이 천지건설을 벗어나 계열사 전체로 번져 나간다.

여자들 특유의 수다 때문인데 갈수록 뻥튀기가 된다.

김지윤이 아들 둘을 조인경은 딸 하나를 낳았다는 이야기가 그것이다. 물론 셋 다 피부색이 검은 혼혈아이다.

남들의 시선으로부터 감추기 위해 모처에서 양육되는 중이라는 구체적인 장소까지 언급된다.

시기와 질투가 빚어낸 거짓말이지만 다들 이를 믿게 된다.

한비자 '내저설(內儲說)' 편에 나오는 이야기 중에는 삼인성호(三人成虎)라는 것이 있다.

거짓말이라도 여러 번 되풀이 되면 참인 것처럼 여겨짐을 뜻한다.

소문은 무성하지만 차마 김지윤이나 조인경에게 진실여부를 묻는 사람은 없다.

하인스 킴 전무는 거의 드나들지 않고, 김지윤도 출퇴근 없어 외부에만 머문다.

조인경만 34층 비서실에 근무하지만 직급이 높은 데다 이 연서 총괄회장이나 신형섭 사장만 접촉한다.

어쩌다 김지윤이나 조인경을 만났더라도 어찌 대놓고 흑인의 아이를 낳았느냐고 물어보겠는가!

예의도 아니지만 그랬다가 잘못되면 천지건설을 떠나야할 지도 모른다. 셋 다 천지건설의 실세인 때문이다.

그렇기에 소문은 아래에서만 맴돈다. 그래서 차장급 이상은 이런 망측한 소문이 나돌고 있음을 알지 못한다.

어쨌거나 여직원들은 지윤과 인경을 고운 눈으로 보지 않고 예쁜 얼굴 값 한다며 경멸하듯 바라본다.

남자 직원들도 가급적 자신들과 업무적으로 얽히지 않으려할지도 모른다.

나이 어린 여자 상사의 지시를 받는 게 마뜩치 않을 것이기 때문이다.

아무튼 지윤과 인경은 진급해서 연봉이 높아지는 것은 좋은데 이게 결혼하는 데 크나큰 장애가 될 수도 있다.

대기업 부장을 아내로 맞이하려면 그에 걸맞아야 하는데 그런 사내가 어찌 흔하겠는가!

김지윤은 28세, 조인경은 29세에 불과하다.

수입으로만 따지면 비슷한 연배의 판사, 검사, 변호사, 의사, 교사, 공무원 모두 배필 될 자격이 없다.

부장이 되면 1억 원이 넘는 연봉을 받기 때문이다.

돈으로만 따지면 재벌가의 자손들이 있겠지만 둘의 눈에 차는 인물은 아마도 드물 것이다.

돈 때문에 아쉬울 일은 거의 없기 때문이다.

게다가 둘 다 학창시절에 전교 1등을 밥 먹듯 했던 재원들이다.

그 정도가 아니라면 재벌가 사내들도 하찮아 보일 수 있음이다.

이제 더 많은 돈을 벌 것인가, 아니면 현재에 자족할 것인지를 결정할 순간이다. 하지만 선택권이 없다.

진급은 이미 결정되었고, 거부해도 받아들여지지 않을 것 같다. 이를 면할 방법은 오로지 퇴사밖에 없다.

그런데 진급시켜 준다고 회사를 그만두는 사람이 어디에 있겠는가!

원하진 않았지만 호랑이 등에 올라탄 셈이다. 이제 현수가 가자는 대로 가야 할 상황이기에 보필을 언급한 것이다.

"잘 부탁해요."

"네! 그럼요."

"그런 의미에서 회식 한번 해야죠?"

"네! 괜찮은 곳 알아볼까요?"

"저기 저쪽에 괜찮은 집이 있을 것 같은데 두 분 생각은 어때요?"

현수가 가리킨 곳은 워커힐 호텔이다. 김지윤이나 조인경 하나만 있었다면 오해의 소지가 있을 장소이다.

둘이 호텔을 바라볼 때 현수의 말이 이어진다.

"저기 명월관 고기가 맛이 있답니다. 살은 안 찌고요."

한우 등심 정식 1인분이 13만 9,000원인 곳이다.

"저는 좋아요!"

지윤이 먼저 동의했다. 상금을 받은 후 부모님과 함께 명월 관에서 식사를 해봤기에 하는 말이다.

그때는 모처럼의 외식이었는지라 호기를 부려 안창살과 치마살, 그리고 살치살을 각각 200g씩 구워 먹었다.

여기에 맥주와 소주를 곁들였더니 50만 원 가까이 나왔다. 몹시 비싸다는 느낌이었지만 맛은 괜찮았다.

"언제 갈까요?"

조인경 역시 신형섭 사장을 수행하는 동안 가본 적이 있기에 흔쾌히 고개를 끄덕인다.

"그럼, 말 나온 김에 조금 이따가 갑시다. 그런데 두 분 시간 괜찮아요?"

현수의 말이 끝나자 조인경이 정색하며 대꾸한다.

"전무님!"

"네?"

"저희는 전무님 비서예요. 지금처럼 저희에게 공대하시면 저희가 불편해요."

"……!"

현수가 대꾸하지 않자 지윤이 거든다.

"맞아요! 전무님이시고, 저희보다 나이도 많으시니 편하게 말씀하세요."

"말을 놓으라고요?"

"네! 그래야 저희도 편하니 말씀 놓으셔도 됩니다."

조인경의 대꾸였다.

현수는 둘과 시선을 나눴다. 마음에서 우러난 진심이다.

"그래도 완전히 말을 놓는 건 예의가 아니지요. 그래도 불편하다 하니 반만 놓을게요."

"……!"

이번엔 둘이 말이 없다. 이건 무언의 압박이다.

이실리프 제국의 황후들이 자신의 뜻을 관철시키기 위해 가끔 써먹던 수법이기도 하다.

"알았어. 말 놓을게."

"네에."

인경과 지윤의 고개가 동시에 끄덕여진다.

"업무지시는 이따가 명월관에 가서 하기로 하고, 조 과장은 전무가 직권으로 행사할 수 있는 게 뭔지 알아봐 줘요."

말을 놓기로 했지만 어찌 대번에 그러겠는가!

말끝을 올렸지만 둘은 가타부타 말이 없다.

"전무님의 법인카드 사용한도는 따로 정해진 한도가 있긴 않아요."

회식비용을 법인카드로 쓸 수 있는지 여부를 알아보라는 뜻으로 받아들인 모양이다.

"아니, 그것 말고도 뭐가 있는지 알아봐 달라고."

"네! 규정집 복사해 드리겠습니다."

내용이 많다는 뜻이다.

                *   *   *

"맛이 괜찮네."

괜히 하는 말이 아니라 정말로 맛이 있었다.

"그죠! 고기가 되게 부드러워요."

지윤이 덜 익은 고기를 뒤집으며 고개를 끄덕일 때 인경이 구워진 고기를 젓가락으로 건넨다.

"이거 한번 드셔보세요."

현수는 별 거부감 없이 고기를 받아먹었다. 황제로 지내는 동안 너무도 익숙하게 받았던 시중이니 당연하다.

한편 인경은 살짝 당황했다. 입에 넣어주려던 것이 아니라 젓가락으로 받으라는 뜻이었던 때문이다.

그런데 너무도 거리낌 없이 받아먹는다.

'이 남자 뭐지?'

예상치 못했던 반응에 고요했던 방심(芳心)이 흔들렸다. 생각해보니 어느 남자에게도 이렇게 해준 적이 없다.

대학 졸업 후 천지건설에 입사했고 오로지 일만 했다. 성취감도 있었고, 능력을 인정받는 것도 좋아서이다.

상당히 많은 사내들이 쫓아다녔으나 아무도 받아주지 않았다. 연애할 때가 아니라 기반 닦을 때라 생각한 것이다.

현수를 처음 본 날 살짝 놀라긴 했다.

통역을 위해 온 것도 아니건만 너무도 유창한 아제르바이잔어를 구사했다.

그때 왔던 차관의 비서가 한 말이 있었다.

"Wow! He is a totally perfect interpreter. I was really surprised. I'm sure that he must be a perfect Azerbaijan."

"와우! 그는 정말로 완벽한 통역사야. 나는 진짜로 놀랐어. 확신하건데 그는 아제르바이잔 사람임이 틀림없어."

'아제르바이잔어가 얼마나 유창하면 이런 말을 할까?'

이 말을 들었을 때 인경의 생각이었다.

몇 시간 지나지 않아 또 한 번 크게 놀랐다.

제주도 유니콘 아일랜드와 양평의 땅을 매입하면서 단숨에 1조 가까운 돈을 지불했으니 어찌 놀라지 않겠는가!

다음으로 놀란 건 아제르바이잔 신행정도시 건설공사 수주

조건으로 120억 달러 차관을 Y—인베스트먼트에서 감당하기로 했다는 걸 들었을 때이다.

바하마에 본사를 둔 Y—인베스트먼트의 대표이사는 하인스 킴이고, 120억 달러는 14조 1,090억 원에 해당된다.

아직 누가 봐도 새파랗게 젊은데 그럴 만한 재산이 있을까 싶었다.

그런데 곧이어 당도한 등기 봉투를 열어보곤 화들짝 놀라지 않을 수 없었다.

내용물은 차관 제공이 가능함을 증명하는 10개의 계좌번호와 잔고증명이었다. 각각 12억 달러씩 담겨 있다.

덩어리가 커서 그런지 미국, 영국, 프랑스, 독일, 스위스 등 10개국에 분산 예치되어 있었다.

그리고 며칠 지나지 않아 또 한 번 놀라운 이야기를 들었다. 신수동 Y—빌딩 신축공사에 관한 것이다.

개발사업부 김지윤 차장이 하인스 킴의 수행비서 역할을 하면서 사업부지 매입을 총괄했는데 4만 5,000평을 매입하면서 약 1조 3,500억 원을 썼다고 한다.

이밖에 사업부지 내에 살던 주민들의 이주를 위해 주변 아파트 매물들도 사들였다.

이건 김지윤 차장이 매입한 게 아니라 Y—인베스트먼트에 고용된 변호사가 사들인 것이라 정확하진 않지만 32평형 규모로 약 1,500세대라 하였다.

이 비용만 약 1조 2,000억 원이다. 세대당 8억 정도였다.

첫 삽도 뜨기 전에 2조 5,500억 원이나 지출하고 만 것이다.

Y—빌딩은 50층과 60층짜리 각각 3동으로 구성되어 있고, 예상 공사비는 약 4조 7,050억 원이다.

하여 총사업비는 약 7조 2,550억 원이다. 단일공사로는 대한민국 역사상 가장 큰 규모일 것이다.

롯데가 잠실에 건설하고 있는 롯데월드타워의 총 공사비가 4조 2,000억 원이라니 비교된다.

김지윤 차장이 올린 보고서엔 Y—빌딩 건설에 단 한 푼의 대출금도 없다고 기록되어 있다.

외부자금 수혈 없이 몽땅 자기 자본으로 처리한다는 것이다.

갈수록 놀라운 소식을 접하게 된 인경은 멍한 표정이 되었다.

세계 최고의 부자라 하는 빌 게이츠나 가능할 법한 공사가 너무 쉽게 진행되고 있었던 때문이다.

이 과정에서 특별진급을 했고, 조만간 두 계급을 더 승차하여 부장이 될 예정이다.

그리고 본인의 보직이 바뀌었다.

어마어마한 일들을 아무렇지도 않게 해내는 사람의 비서가 된 것이다. 내부담당 비서라고 하니 사내업무를 도맡게 될 듯 싶다.

정신 바짝 차리고 입안의 혀처럼 굴어야 쫓겨나지 않을 것이다. 그렇기에 긴장된 표정으로 현수의 일거수일투족을 살피는 중이다.

Chapter 13

—

부관참시와 능지처참

"조 비서!"

"네, 전무님."

"나랑 있을 땐 긴장하지 않아도 돼요."

지윤은 이제 어느 정도 적응이 되었기에 다소 편하게 앉아 있는데 조인경은 허리를 곧추세운 자세라 한 말이다.

"네? 아, 네에. 알겠습니다."

말을 이렇게 했지만 조인경은 여전히 긴장된 표정이다.

"에고, 긴장하지 말라니까. 여기 음식 맛 괜찮으니 가려가 며 먹어봐요."

"네, 전무님!"

고개를 끄덕이긴 했지만 인경은 긴장의 끈을 늦추지 않았다. 현수가 그렇다는 것이 아니라 가끔 이렇게 말을 해놓곤 뒤에서 딴 이야기를 하는 상사들을 경험한 때문이다.

현수가 한마디 더 하려 할 때 도로시가 끼어든다.

'폐하! 하루 만에 익숙해지는 건 없어요.'

'그런가?'

'네! 그러니 긴장 풀라는 말을 하기보다 업무지시를 내리시는 게 더 나을 듯해요.'

현수는 가볍게 고개를 끄덕였다. 도로시는 이성적인 비판과 충언을 하는 충신 중의 충신이니 받아들인 것이다.

"조 비서!"

"네, 전무님."

"혹시 Y—파이낸스에 대해 들은 거 있어요?"

"파이낸스라 하심은 여신전문 금융사를 말씀하시는 건가요? 자본금 5,000만 원이면 누구나 설립할 수 있고, 대출 업무만 가능한 업종이죠."

"잘 아네요. 내가 그런 회사를 설립하려고 해요."

"……?"

인경은 고개를 갸웃거렸다.

파이낸스(Finance)라는 그럴 듯한 이름을 가진 회사는 금융 실명제 이후 묶여 버린 지하자금을 양성화하기 위해 승인된 업체들이 포함되어 있다.

다시 말해 사채를 양성화하기 위해 허용한 것이다.

이렇게 함으로써 음성적인 거래를 근절하고, 세원(稅源) 노출로 인한 세수 증가가 기대되기 때문이다.

그런데 하인스 킴은 내국인이 아닌 외국인이다. 따라서 지하자금과는 아무 관련도 없을 것이다.

그럼에도 이런 회사를 만든다고 하니 의아한 것이다.

"Y—파이낸스는 서울에 100개 지점을 시작으로……."

잠시 현수의 설명이 있었다.

"헉……! 저, 정말요?"

1차자본금 규모를 듣고는 경악성을 터뜨린다. 시중은행들의 자본금을 훌쩍 뛰어넘는 액수를 들은 때문이다.

"일단은 그렇게 시작하려고 해요. 그걸 위해서 김 차장이 준주거지역 100곳의 부동산을 매입하는 업무를 맡았어요. 각각의 규모는……."

잠시 현수의 설명이 이어졌다.

"……!"

또 놀란 표정이다.

부지매입에 필요한 예상비용은 7,000억 원이다.

일단 현존하는 건물을 철거한 뒤 새 건물을 올릴 예정인데 신축비용만 6,000억 원이라는데 어찌 놀라지 않겠는가!

"그렇게 해서 건물을 올리면 Y—어패럴 등 계열사들이 입주를 하고 위층의 주거는 직원들에게……."

"네? 정말요?"

인경은 또 놀란 표정이다.

집을 지어서 공짜로 사용토록 한다는데 어찌 놀라지 않겠는가! 대한민국엔 이런 회사가 단 하나도 없다.

그러거나 말거나 현수의 말은 이어졌다.

"생각해보니까 Y—어패럴에서 고용할 직원들이 제외되어 있더라고요."

"에? 파트타임이나 알바에게도 주거를 제공하시려고요?"

역시 눈치 빠른 인경이다.

"그래야 공정하지 않겠어요?"

"저어… 어떤 구상을 하고 계시는지요?"

"지점당 사용 면적이 180평 쯤 되니까……."

Y—어패럴에서 항온의류 생산을 맡아줄 인원을 일단은 지점당 30~50명으로 추정했다.

따라서 총인원은 3,000~5,000명이다.

가급적 정규직을 뽑겠지만 원한다면 파트타임 고용도 마다하지 않을 생각이라 면적에 비해 인원이 많다.

일하고 싶다고 해서 무조건 뽑는 게 아니라 Y—그룹의 엄격한 인사원칙이 적용된다.

이를 통과한 직원들을 위해 도보로 오갈 수 있는 거리에 일종의 기숙사를 추진한다는 이야길 한 것이다.

"그럼 30~50세대짜리 빌라나 아파트를 건축하겠다는 말

쓸이신 거죠?"

"인근에 새로 지은 아파트가 있다면 그걸 매입하는 게 빠르겠죠?"

"......!"

미친 듯이 오르기만 하던 부동산 가격이 왕창 떨어지기는 했지만 여전히 비싸다.

강남 3구의 아파트들은 툭하면 10억이 넘는다. 이 돈이면 외국의 성(城)이나 저택도 살 수 있다.

슈퍼노트의 출현과 에이프릴 사태가 빚어지기 전까지는 16억 원쯤 했을 것이다.

새 아파트가 아니라 10년 이상 된 것들이 이러하다.

따라서 현수가 요구한 30~50개의 신축아파트를 매입하려면 엄청난 돈이 들 것이다. 조인경은 건설회사 직원이다.

시간은 걸리겠지만 기존 아파트를 사는 것보다 새로 짓는 것이 돈이 덜 든다는 걸 알고 있다.

하여 적당한 부지를 찾아서 신축을 고려해 보자는 말을 꺼내려 할 때 현수가 먼저 입을 연다.

"근데 그러려면 너무 많은 돈이 들어요. 그러니 김지윤 차장이 매입하려는 부동산 인근에 집 지을 땅을 찍어줄 테니 그걸 매입하는 업무를 맡아줘요."

지윤에게만 일을 시키고 인경은 방치하면 안 될 것 같아 임무를 부여한 것이다.

"제가요?"

"네! 부동산 가격이 많이 내렸으니 평당 2,000만 원 정도 되는 땅 500평씩 사서 주상복합을 지으면 어떨까 해요."

"네에? 그걸 100군데나 짓는다고요?"

주상복합이란 주거와 상가가 결합된 건물을 뜻한다.

"누군 주고 누군 안 줄 수 없으니까요."

"그거 비용이 엄청 많이 들 겁니다."

"그렇겠죠. 아무튼 내 구상은 이래요. 지하 일부는 주차장으로 쓰고, 지하 1층부터 지상 3층까진 상가로, 4층부터는 사무실로 임대……."

잠시 현수의 복안이 설명되었다.

부동산 매입에 앞서 외국인 투자촉진특별법을 들먹여 다시 한번 서울시와 협상을 할 계획이다.

부지면적이 신수동에 비해 상대적으로 작으니 이번엔 건폐율 50%에 용적률 1,000%를 관철시킬 것이다.

부지가 500평이면 지하층은 450평 정도로 조성된다.

지하 5~3층은 입주자 전용주차구역이고, 지하 2층은 방문객 주차장 용도로 사용한다.

반지하 1층엔 대형 할인매장을 유치한다. 임대료를 저렴하게 해주는 대신 물건 값을 싸게 받도록 유도한다.

그래야 사람들이 꼬이기 때문이다.

지상층은 바닥면적 250평으로 20층까지 올릴 생각이다.

지상 1~3층은 상가로, 4~7층은 사무실로 임대한다.

이 역시 인근 상가나 사무실에 비해 훨씬 저렴하게 임대될 예정이다.

계약기간도 넉넉하게 해줄 것이며 임대료 및 관리비 인상 계획은 아예 없다.

8층은 관리실과 휴게실, 체력단련실, 유아놀이방 등 후생복지를 위한 공간이 될 것이다. 이밖에 수면캡슐을 설치하면 졸릴 때 잠깐씩 눈을 붙일 수 있을 것이다.

이실리프 제국에서 사용하던 수면캡슐에선 회복포션 메디힐이 제조될 때 발생하는 청향(淸香)이 조금씩 분사된다.

깊은 수면과 더불어 심신의 느긋한 이완, 그리고 호흡기의 건강을 도모하기 위함이다. 그래서 이곳에서의 20분은 일반 침대에서의 6시간과 맞먹는다.

아무튼 9~15층까지는 25평형 10가구씩 70가구, 16~18층은 40평형 4가구와 45평형 2가구씩 18가구, 19~20층은 50평형 5가구씩 10가구를 조성한다.

총 98가구이다.

"엥? 왜 그렇게 많이 지어요?"

"인원이 더 늘어날 수도 있으니까요."

원룸을 생각하다 주상복합으로 급선회한 건 오늘 오전에 본 뉴스 때문이다.

'조물주 위의 건물주' 라는 제하의 기사였다.

내용 중엔 '상가권리금 약탈 피해 사례'가 있었다.

음식점을 운영하는 K씨는 개업 후 2년도 못 된 상황에서 입주했던 건물이 매매되었음을 알게 되었다.

새 주인은 월 300만 원이던 임대료를 700만 원으로 올리고, 1년 후까지만 장사를 하던지 당장 비우라는 통보를 했다.

상가권리금과 인테리어 비용 3억 5,000만 원을 몽땅 날리게 된 것이다.

'과도한 임대료 인상'에 관한 내용도 있었다.

L씨는 보증금 4,000만 원에 월세 650만 원을 내던 음식점을 운영했다.

솜씨가 좋아 장사가 제법 잘되던 집이다.

5년간의 상가 임대기간이 만료되자 건물주는 보증금 2억 원에 월세 1,705만 원을 요구했다.

보증금은 500%, 임대료는 262.3%나 인상한 것이다.

너무 과도하다고 항변했지만 나가라는 말만 들었을 뿐이다. 하여 할 수 없이 점포를 이전할 수밖에 없었다.

그렇게 쫓겨난 자리에 건물주 조카가 같은 업종의 가게를 열었다. 그렇게 6개월이 지난 후 업주가 바뀌었다.

물론 억대의 권리금이 오간 거래였다. 이쯤 되면 건물주의 횡포라 할 수 있다.

상당히 많은 자영업자들이 이러한 부조리에 노출된 채 불안한 마음으로 장사를 하는 중이다.

기사의 말미엔 작성자의 의견이 남겨져 있었다.

.

한국엔 백 년 전통을 가진 가게가 없다.

건물주가 아니라면 아무리 노력하고 의지가 있어도 불가능한 일이기 때문이다.

'조물주'보다도 위에 있다는 '건물주'는 흡혈귀나 마찬가지로 서민들의 노고를 빨아들이고 있다.

물론 모든 건물주가 이렇다는 것은 아니다. 대부분의 건물주가 몹시 탐욕스러울 뿐이다.

거의 모든 건물이 은행 대출의 담보로 잡혀 있다.

따라서 탐욕스러운 건물주들의 횡포를 막는 방법은 은행에서 돈줄을 죄는 것뿐이다. 아울러 건물을 담보로 추가 대출을 받아 건물을 늘리는 일을 할 수 없도록 해야 한다.

이 기사를 보고 Y—어패럴에서 일하게 될 파트타임이나 아르바이트 직원들을 위한 주거지도 제공하기로 결정했다.

처음엔 7~8층짜리 원룸 건물 하나를 매입할 것을 생각했었는데 기왕에 일을 벌이는 것이니 규모를 늘렸다.

준주거지역은 도시계획법에 의거 주거기능을 주로 하되 상업적 기능의 보완이 필요한 지역이다.

그리고 주거지역은 전용, 일반, 준주거지역 등 3가지가 있는데 준주거지역은 이 가운데 상업적 성격이 가장 강하다.

따라서 상가와 사무실의 임대료가 상당하다.

그럼에도 새로 지을 상가와 사무실의 임대보증금과 임대료는 Y-빌딩과 동일하거나 그 이하로 할 것이다.

너무 싸서 인근 건물주들의 항의가 빗발치겠지만 그건 그 사람들 사정이다.

더 떠들면 인근에 더 많은 건물을 지어 더 싼 가격에 임대하는 보복을 가할 수도 있다.

늘 '갑질' 만 해오던 사람들이니 '역갑질' 을 당하는 순간 자신에게 당했던 사람의 아픔을 떠올릴지 여부는 알 수 없다.

어쨌거나 임대기간은 5년으로 하고 5년 더 연장할 권리를 주는 것으로 가닥을 잡았다. 필요하다면 10년 정도 더 늘려줄 수도 있을 것이다.

직원들이 입주하고 남는 아파트는 어려운 삶을 사는 이들에게 무상 임대할 생각이다.

물론 이때에도 직원 뽑듯이 Y-그룹의 잣대를 들이댈 것이고, 우선순위가 있다.

입주우선권 첫 번째 부여대상은 독립유공자와 그 후손 중 현재의 삶이 어려운 분들이다.

물론 가족 중에 특정 종교를 맹신하는 사람이 있으면 제외된다. 또한 데스봇 또는 변형 캔서봇을 투여받은 자가 있어도 입주 불가능이다.

문제는 국가지정 독립유공자를 믿을 수 없다는 것이다.

국립현충원에 가보면 친일반민족행위자와 군사반란 주동자, 그리고 군부독재 부역자들이 즐비하게 묻혀 있다.

이러니 어찌 국가지정 유공자를 인정할 수 있겠는가!

하여 도로시에게 확인하도록 명을 내려놓은 상태이다.

＊　　　　　＊　　　　　＊

뒤질 수 있는 모든 기록을 뒤져서 조선 건국 이후 현재에 이르기까지 친일, 매국, 그리고 반역행위를 했던 자들을 모조리 찾아내도록 하였다.

도로시가 뒤지는 문헌 및 기록은 한국뿐만 아니라 일본과 지나, 미국, 프랑스, 독일, 러시아, 포르투갈, 이탈리아 등의 모든 사료(史料)들도 포함되어 있다.

이것들을 비교분석하여 사실 확인을 하는 것은 광대한 일이다. 사람이라면 평생을 걸려도 못 할 일이다.

하지만 도로시가 어떤 존재인가!

오늘 아침에 명을 내려놨으니 아무리 늦어도 내일 오전엔 명단을 보여줄 것이라 믿는다.

이외에도 5.16 군사쿠데타 가담자들과 이들에게 부역했던 자들의 명단 또한 확인될 것이다.

제주 4.3 사건의 가해자, 12.12 사태 가담자, 5.18 광주민주화항쟁 진압군 등도 모두 확인될 것이다.

양심선언을 한 사람과 내부고발자들의 신상에 불이익을 주었거나, 징계를 결정하는 결재선상에 있던 자들 역시 마찬가지이다.

관계기관은 물론이고, 경찰과 군인, 그리고 판사 및 검사들도 포함하여 조사된다.

프랑스 정부는 제2차 세계대전이 끝난 후 가혹할 정도로 혹독한 역사 청산작업을 실시한 바 있다.

나치에 협력한 반역자와 부역자들을 처단했던 것이다.

당시의 프랑스 대통령 샤를르 드 골(Charles de Gaulle)은 이렇게 말 하였다.

"국가가 애국적 국민에게는 상(賞)을 주고, 민족 배반자나 범죄자에게는 벌(罰)을 주어야만 비로소 국민들을 단결시킬 수 있다."

드골이 주도한 '나치협력 반역자 대숙청'은 민족을 배반한 무리 모두를 지배세력에서 뿌리째 뽑았다.

사형과 무기강제노동형에 처함으로써 다시는 지배세력이 될 수 없도록 영원히 매장해 버리는 데 성공한 훌륭한 본보기라 할 수 있다.

가장 먼저 숙청 재판정에 끌려 나온 것은 나치협력 언론인들이다. 드골의 회고록에는 다음과 같이 기록되어 있다.

"언론인은 도덕의 상징이어야 하기 때문에 첫 심판에 올려 가차 없이 처단했다."

나치협력 혐의로 의심 받거나 처벌된 자는 50만 명, 구속된 자는 15만 명, 사망자는 3~4만 명이다.

이들의 가족까지 감안하면 200~300만 명이 나치협력의 죗값으로 국가와 사회라는 공동체에서 추방당한 것이다.

드골은 이에 그치지 않고 독일이 점령했던 4년 기간 중 15일 이상 신문을 발행한 신문사는 모두 폐간시켰고, 그 재산은 모두 국유화하였다.

이에 앞서 프랑스 국민들은 나치 부역자들을 가차 없이 때려죽였다. 정식재판 없이 죽은 자들의 수효만 10만 명 이상이라고 한다.

이로서 프랑스는 청산의 역사를 가질 수 있었다. 아울러 다음과 같은 말을 남길 수 있게 되었다.

"어제의 범죄를 벌하지 않는 것은 내일의 범죄에게 용기를 주는 것과 똑같이 어리석은 짓이다."

한국의 독립은 스스로 쟁취한 것이 아니다. 그런 연유로 미군정(美軍政)의 개입을 감수해야 했다.

광복 이후 국민들은 친일파에 대한 단호한 처벌을 바랐고, 이를 당연하게 여기고 있었다. 하지만 미군정은 이를 외면하고 공공기관에 친일파 관리들을 재등용했다.

영어에 능통한 친일파 관료들을 우대했고, 미국 생활을 오래한 이승만과 친일파 세력인 '한민당'에게 많은 권한행사를 허용했던 것이다.

이 와중에도 여론은 친일파 처벌을 부르짖었다. 이에 밀려 어쩔 수 없이 '반민족행위자 처벌법'이 제정되었다.

하지만 제대로 된 청산의 역사를 가질 수 없었다.

반민족행위 처벌 특별법 기초위원 중 다수가 친일파 의원들이었고, 이들로 인해 반민특위[27]의 활동이 부진할 수밖에 없었기 때문이다.

반민특위는 1개월 간 친일파 예비조사를 진행하고 정치, 사회, 경제 분야의 거물부터 처벌할 계획방침을 세웠다.

이러한 소식을 들은 친일파들은 체포가 시작되기도 전에 종적을 감추거나 해외로 도피해 버렸다.

반민특위는 친일파의 체포와 더불어 국회의원과 정부관리 가운데 반민법 제5조에 해당하는 자를 처리하는 작업에 착수하였다.

반민법 제5조는 다음과 같다.

---

27) 반민특위 : 반민족행위 특별조사위원회(反民族行爲 特別調査委員會)의 약칭. 일제강점기 34년 11개월간 자행된 친일파의 반민족행위를 처벌하기 위하여 제헌국회에 설치되었던 특별기구.

일제 치하에 관공리 또는 헌병, 헌병보, 고등경찰의 직에 있던 자는 공소시효 경과 전에는 공무원에 임명될 수 없다.

이 작업은 친일파가 관리로 기용되는 것에 대한 비판적인 여론과 특위에 친일파가 관리로 있는 한 친일파 처리가 어려울 것이라는 인식 때문에 비롯된 것이다.

반민특위는 정부관리 중 제5조에 해당하는 자들의 처리할 것을 요구하는 공문을 정부에 보냈다.

그러나 이승만은 이를 중지시켰다. 심지어 특위 위원장에게 체포된 노덕술[28] 의 석방을 요구하기도 하였다.

특위는 이승만 정권과 경찰, 친일파들의 방해, 국회프락치 사건, 반민특위 사무실 습격사건, 친일 경찰의 반민특위 관계자 암살 음모사건 등으로 해체되었다.

이후 반민특위의 임무는 대법원으로 이양되었다. 하지만 당시 대법원 재판관 5명 중 4명이 친일파 인사였다.

그러다 6.25 전쟁이 발발함으로써 사실상 더 이상의 친일파 처벌은 없었다.

반민법이 제정된 이후 총 688명의 반민족행위자를 취급했

28) 노덕술(盧德述) : 일제강점기에 고등계 형사. 많은 독립운동가를 체포, 고문했고, 광복과 대한민국 정부수립 이후에는 수도경찰청 간부로 재직했다. 반민족행위자로서 반민특위에 체포되었지만, 이승만 대통령의 비호로 풀려난 뒤 승승장구하여 국회의원까지 출마했던 악질 친일파

다. 이 가운데 실형을 선고받은 자는 10명에 불과하다.

전형적인 용두사미였고, 태산명동서일필이었다.

2016년 현재에도 상당히 많은 친일파들이 사회지도층으로 자리 잡고 있다.

그리고 대한민국 정부는 이들을 발본색원할 의지가 전혀 없다.

그렇기에 현수가 나서서 변형 캔서봇과 데스봇을 투여하도록 한 것이다.

이렇게 하여 죄를 저지른 본인에 대한 처벌은 이루어지고 있지만 그들 덕에 떵떵거리며 살았고, 살고 있는 가족에 대한 불이익은 전혀 주어지지 않고 있다.

독립유공자의 자손들이 가난에 허덕이는 것과는 대조된다.

어쨌거나 나라와 민족을 상대로 불의(不義)를 저질렀는데 어찌 그 일족이 편안히 살 수 있도록 내버려두겠는가!

도로시가 작성하는 명단이 확정되면 아주 냉정하고, 합당한 불이익이 주어질 것이다.

전국 각지에 세워져 있는 반민족, 반헌법 행위자들의 동상들의 파괴될 것이다.

현수가 안전하다고 판단되면 수석경호원 역할을 맡고 있는 신일호까지 총출동한다.

조선시대 형벌 중 '부관참시'와 '능지처참'이 있다.

부관참시(剖棺斬屍)는 죽은 뒤 큰 죄가 드러난 사람에게 극형을 추가로 시행하던 일이다.

무덤을 파헤쳐 관을 쪼개고 송장을 꺼내어 목을 벤다.

능지처참(陵遲處斬)도 대역죄나 패륜을 저지른 죄인 등에게 가해진 극형이다.

언덕을 천천히 오르내리듯 고통을 서서히 최대한으로 느끼면서 죽어가도록 하는 잔혹한 사형이다.

대개 팔다리와 어깨, 가슴 등을 잘라내고 마지막에 심장을 찌르고 목을 베어 죽였다.

모든 친일반민족 및 반헌법 행위자들의 동상은 팔 다리가 베어지고, 허리마저 잘라질 것이다.

목이 베어지고 나면 눈알을 파고, 코와 귀 또한 베어진다.

마지막은 영화 배트맨에 나왔던 조커처럼 찢어진 입처럼 될 것이다.

광학스텔스 상태에서 하는 일인지라 고화질 CCTV가 비추고 있어도 누가 그랬는지 알 수 없을 일이다.

마치 천벌이라도 내린 듯 저절로 베어지고 잘라지며, 부서지는 모습만 보이기 때문이다.

동상과 흉상의 받침대 역시 파괴된다.

아울러 동상의 이력을 표시한 표지석의 내용이 모두 지워지고 다음과 같이 바뀐다.

친일반민족행위를 한 개쌍년!
친일반민족행위를 한 개새끼!

이화여대, 고려대, 연세대, 서울대, 외국어대, 휘문중, 휘문고, 풍문여고 등에 설치된 일부 동상의 표지석이 그 대상이다.

다음은 이들과 관련된 모든 기념물들의 파괴이다.

생가니 뭐니 해서 보존하고 있는 모든 건축물과 추모비 등 모든 기념물은 주춧돌까지 산산조각 내도록 한다.

다음은 무덤을 파헤쳐 송장의 목을 벤 뒤 효수[29] 할 것이다. 그 앞에는 생전의 죄가 기록된 깃발이 꽂혀 있을 것이다.

또 다른 깃발엔 직계 후손들의 성명, 직업, 직책, 현주소, 이메일 주소, 전화번호 등이 기록되어 있을 예정이다.

이것들이 발견될 시점이 되면 인터넷에 현장사진이 게시된다. 깃발의 내용은 누가 봐도 알아볼 수 있을 만큼 고화질로 올려질 것이다.

물론 누가 올렸는지 확인 불가능하며, 삭제 또한 불가능하다. 완벽한 사회적 말살을 의도하는 행위이다.

현수가 내린 형벌은 이것으로 그치지 않는다.

본인은 물론이고 후손 10대까지 철저히 관리하여 다시는

---

29) 효수(梟首) : 효시(梟示)라고도 함. 참수형이나 거열형, 부관참시를 당한 죄인의 목을 막대기에 거는 일

사회지도층에 발붙이지 못하도록 할 생각이다.

코스닥과 코스피에 상장된 모든 기업의 경영권을 가질 수 있는 상황이니 특정인을 뽑지 못하도록 저지하는 건 쉽다.

이미 재직하고 있다면 더 이상의 진급은 없으며, 사소한 잘못이라도 꼬투리를 잡히면 즉시 그 책임을 물을 것이다.

아울러 한직으로 발령 내어 스스로 그만두도록 한다.

지금껏 돈 있고, 힘 있는 놈들이 힘없는 서민들을 상대로 했던 바로 그 수법이다.

어쨌거나 반민족 및 반헌법 행위자와 후손들은 결코 Y—그룹 임직원이 될 수 없다.

아울러 어떤 형식으로든 Y—그룹에서 베푸는 선행이나 시혜(施惠)의 대상이 될 수 없다.

정치를 하겠다고 나서거나 공직에 있다면 비위사실을 폭로하여 정치적, 사회적인 매장을 시킬 것이다.

공무원 또는 공기업을 지원하는 등 공직시험에 응시하는 경우엔 답안지를 조작해서라도 탈락시킨다.

사업 또는 장사를 하고 있다면 쫄딱 망하도록 유도하여 최하급 빈민층으로 전락시킬 예정이다.

모든 은행을 움직여 여신은 제한하고, 기 대출된 돈은 모조리 회수하도록 하는 것만으로도 충분할 것이다.

신용카드 회사 역시 컨트롤할 수 있다. 따라서 신용카드를 사용할 수 없도록 하는 것도 어려운 일은 아니다.

은닉해두었던 돈은 몽땅 잃어버렸고, 부동산을 처분한 돈을 은행에 넣으면 그 즉시 수만 내지 수십만에 달하는 해외계좌로 분산송금 되도록 한다.

잘못된 송금을 반환받으려면 은행에 '착오송금 반환청구 신청'을 해야 된다.

이럴 경우 잘못 송금한 은행으로 연락이 가고, 그곳에선 돈을 받은 당사자에게 돌려줄 것을 통지한다.

연락이 안 되거나 반환을 거부하는 경우에는 민사상 '부당이익 반환 소송'을 해야 한다.

이런 민사소송 과정은 시간과 비용이 많이 든다.

잘못 송금된 것이 수만 내지 수십만 건이라면, 그것도 대부분 외국계좌라면 포기해야 할 것이다.

금고 등에 현금을 보관하는 경우엔 신일호 형제를 보내 화재를 일으켜 모조리 태워 버린다.

친일반민족 및 반헌법 행위자 및 후손들이 다시는 사회 주류의 일원이 될 수 없도록 싹을 없애려는 것이다.

『전능의 팔찌』 2부 7권에 계속…